河出文庫

小説紫式部

三枝和子

河出書房新社

小説紫式部　目次

小説　紫式部

第一章　越前に向かう

秋とはいえ、昼間の陽ざしはまだ強うございます。大津打出の浜は湖面の照り返しが夏を思わす眩しさで、忙しく立ち働く人たちの裸の上半身からは、おびただしい汗が滴り落ちていました。香子は、少し離れた場所から、一族や部下の者たちを相手に、豁達な笑い声をあげていらっしゃる父君を眺めて居りました。

――越前国司、藤原為時どの。

くすぐったいような、微笑ましいような。それでいて、不覚にも涙が湧いてまいります。陽の目を見ない生活から、やっと脱け出した父君を素直に喜んであげたい一面、これしきのことで立ち居振る舞いや声の調子まで変わる人間というものを、どこか皮肉な目で見てしまう香子でもあります。加えて、五十歳になった為時どのの一生では、もうこれ以上の栄達はあるまいと思うとき、何がなし悲しくさえなるのです。

長いあいだ散位といって役目のつかなかった為時どのの上に、突然、大国、越前の国司などという僥倖が、どうして舞い降りて来たのか、本当のところはよく分かりません。もともと学者の家柄でございます。政治には不向きですし、おまけに為時どのは無類の世渡り下手でございます。有力な殿上人に根廻しして、などという気持ちもないし、第一、そんなあざといことの出来る性格ではありません。

その為時どのに、最後のお情け、なのでしょうか。今年の正月の人事異動、除目の日に淡路の国司に任ずるという発表がありました。

——淡路の守か。

為時どのは、いささか気落ちいたしました。国司の役職がついたことは嬉しいのですが、淡路は国としては下等で下国と申します。この年齢になって、今更……と、遣る瀬ない思いが、ひとりでに筆をとらせ、不遇をかこつ文章をつくって居りました。読み返すと、なかなかの出来ばえでございます。漢詩をよくしていらしたので、自ら韻を踏み、特に「苦学ノ寒夜ハ、紅涙巾ヲ盈シ、除目ノ春ノ朝ニ、蒼天眼ニ在リ」という個所は自分でも気に入っていました。

——なろうことなら、これを帝のお眼にかけたい。

そう思いました。愁訴と言って、天皇に中文をつくって行政に不満を訴えることは官吏に許された方法でございました。当てにしていたわけではありませんが、どういうわけか、それが聞き届けられたのでございます。越前の国司には、そのとき源国盛どのが定まって居りましたが、急遽変更になりました。このような才能のある文人を粗末にしていたのは不明であったという帝のお気持ちを汲んで藤原道長さまが乳兄弟の国盛どのを説得なさって成立した修正人事と聞きます。

「越前の海岸に宋の舟が漂着し、乗組員たちが敦賀に留めおかれている。その者たちの取り調べをしなければならぬ。私なら漢詩をよくするので、話は出来なくとも筆談で意を通じさせることが可能ではないか、宋人対策は喫緊の大事だ、というのが表向きの理由らしいが、どうも道長公が帝の御希望を御自分の身内の我慢で叶えられた、というのが本当のところでしょうなあ」

いつもに似ず、少し興奮した高い声で客の誰れ彼れに喋って居られる父君を香子は複雑な気持ちで眺めて居りました。

――わたしは、いやな女だわ。

父の出世を素直に喜べないばかりでなく、父を一人の男として、まるで他人を眺めるような冷やかな目で眺めてしまっているのです。いまもこうして、打出の浜に立って、いきいきと誇らしげな父君に涙したのも、五十路にかかった男の懸命な生きざまに、ふと哀れがそそられたからにほかなりません。

「香子さま。香子さま」

呼び声に振り返ると、一緒に越前に下ることになった乳母が、砂に足をとられながら駈けてまいります。

「宣孝(のぶたか)さまからのお手紙でございます」

と少し声を低くしました。

――宣孝どの?

香子は眉をしかめました。藤原宣孝――。いま一番聞きたくない男の名前でございます。乳母が汗まみれの首のあたりを押し拭いながら大事そうに差し出す文箱(ふばこ)を開きもしないで突っ立ったままでいました。

「お返事なさいませ。お使者が待って居ります」

再度促されて、取り出しますと、素っ気ない紙に「年が開けましたら朝廷に休暇を願い出て敦賀に宋人を見にまいります」とだけ認(したた)めてあります。

「何なのこれ。父君のところへ来たお手紙じゃないの」

香子は、思わず皮肉な口調になりました。何はともあれ、男から女に送る手紙です。香をたきしめるとか、染め紙を使うとか、もっと何か情緒が欲しい香子なのです。

――このひとは、いつもこうだ。

香子は首を振りました。

「お返事をなさらないのですか」

乳母の声がとがりました。これが邸うちなら、だからいつまで経っても男君との縁が結ばれないのです、と叫んで責めるところです。しかしさすがに人なかなので、

「『承りました。いまは慌しゅうございますので、後ほど』とおことづけなさいませ。よろしゅうございますね」

自分で言って、自分で頷いています。香子は黙っていました。反対したところで、乳母は使いの者にそう口伝えするにちがいないので、争っても無駄なのです。

「お使者の心付けは何にいたしましょう」

使いの者に小袖とか袴とかを与えるのは習わしですが、それを考えるのも憂鬱で、

「乳母がいいように取り計らって」

言うなり香子は身を翻えして松林の木陰に逃れました。乳母は、ぶつぶつ言いながら急ぎ足に引き返して行きます。もちろん香子だとて、乳母の気持ちが分からないではありません。しかし、どうしようもないのです。

「香子さまのところに男君のお通いがないのは乳母の責任だと申したてる者がいます」

ある日、思いつめたように言ったことがあります。

「誰もそんなこと言ってないでしょう。乳母が勝手に思い込んでいるだけでしょう」

香子が苦笑いしますと、

「冗談になさらないで下さいまし」

　きっ、と眉を吊りあげました。

「香子さまに男君の御縁がないのは、母君が早く亡くなられているせいでございます」

　それから不意にしゃくりあげて、自分の力では香子さまにふさわしい男性を見つけて取り持つことが出来ない、こういうことは母君の根廻しが一番いいのに、父君と一緒にお育ちの香子さまは本当にお可哀そう、と言い出します。

「もうそんな、言っても甲斐ない繰りごとはお止しなさい。わたしは、いまのままの生活で満足しています」

　香子が話題を打ち切ろうとすると、乳母は許しません。

「何が満足でございますか。一生、学問をしてお暮らしになるつもりですか。男君であれば文章博士になって、それで暮らしが立つこともございましょうが、女君の香子さまにはその道が開けて居りません。それでも、父君の御存命中はよろしゅうございます。そのあと、どうなさいます。弟君、惟規さまの重荷におなりになるのですか」

　そうきめつけられると、一言の弁解もできません。

「だから、宣孝どのを受け入れよと言うの」

　思わず感情的に叫んでしまいました。いつもは誰に対しても穏やかな香子ですが、乳母とこの問題について喋るときだけ、何故か気持ちがいきり立って、荒（すさ）んでしまうのです。

「さようでございますよ」

　香子が興奮すると乳母は逆に落ち着いてきます。

「宣孝さまの、どこが気に入らないと仰言（おつしや）るのですか。お年齢（とし）ですか。二十歳くらいのひらきなら、まああることでございます。それに男君が年下というわけでなし。地位も安定していらして、いっそ頼もしいくらいではございませんか」

「でも、嫌いなの、あのひと――」

　香子が小さく言うと、

「甘えてはいけませんよ、お姫（ひい）さま」

と、この乳母は、軽くたしなめるのでございます。

「男君は好き嫌いで受け入れるものではございません」

　香子は松林に座ったままの姿勢で、宣孝どのの使者と話している乳母の後ろ姿を見て居りました。

　だいたい、こうして父君に従って越前に下向すること自体、乳母は大反対でございました。宣孝どのとの繋（つな）がりが切れるのではないかと心配しているのです。しかし香子は逆でございます。宣孝どのとの縁を切りたいのです。

――藤原宣孝……。

香子は、その名前をもう一度口にのぼらせて、ゆっくり噛みしめ、吐き捨てました。苦い思い出が甦って来ました。

そう、もう十年近くも前のことになります。

初夏の、蒸し暑い夜のことでございました。香子はその頃、まだ元気だった姉君と一緒に縁に出て、召使いたちに庭の蛍を集めさせて居りました。

姉君は女の香子から見ても思わずうっとりと心を奪われるような風情の持ち主で、第一、髪が美しゅうございました。丈に余る豊かな烏の濡れ羽色を、乳母が心を砕いて整えた紅梅襲という表紅・裏紫の小袿の上に流れさせて物詣などに出かける、それだけで、どこで目をつけるのか男君の文などが舞いこむのでございます。

その夜、乳母は姉君と香子に、家なかであるにもかかわらず、少しお洒落をさせました。姉君には表青・裏紅梅の菖蒲襲の袿に二藍の羅の表着。二藍の色あいを少し紅の勝った華やかなものにして姉君の美しさを引き立たせました。香子には濃い紅の単襲に表紅梅・裏青の撫子襲。きっと若さを強調しようとしてくれたのでしょう。

「宣孝どのがお泊まりになるので、乳母がそわそわしているのよ」

姉君は皮肉な口調です。

「方違（かたたが）えですってよ」

「宣孝どのって、あの、お父さまのお友達の？」

「そうよ。あのじいさん。乳母はいったいどんな積りなのかしら。わたしには言い寄る若い男がいっぱいいるのに」

為時どのの親戚筋にあたるこの男は、なかなかの能吏（のうり）で、不遇な藤原良門の一門としては羽ぶりも良く万事に派手好みでございました。正式の妻の他にも何人かの女とつきあっているという噂もあります。

しかし、乳母の意見では、姉君のところに文を送りつけて来る若殿輩（ばら）よりは実があり、関係を持てば必ずそれだけのことはなさる方だというのです。

「若殿輩には、決して靡（なび）いてはいけませんよ。二、三度文を寄越したぐらいのことで許してはいけません、と注意するくせに、宣孝どのに対しては、全然態度が違うのだから」

むくれ返っている姉君を見て、香子はふと揶揄（からか）ってみたくなりました。

「乳母が宣孝どのを好きなんじゃない」

「えっ」

姉君は意表を突かれたのか、一瞬言葉を失ってから、

「あなた、って、変な娘（こ）ねえ」

と言うのです。

「ひとの気持ちの裏を読むんだもの」

しかし、以来、姉君は宣孝どののことになると乳母を冷やかすのです。今日も今日とて、着替えを急がす乳母に向かって、

「あら、宣孝どのは乳母のところへいらっしゃるのでしょ。何故わたしたちがおめかししなければならないの」

などと言って、主婦たるべき女手のいない邸で多忙をきわめている彼女を憤らせてしまったのです。こんなとき、逆に言い出した香子の方は黙っています。

「あなた要領いいのね。わたしは駄目。思ったことをすぐに口に出してしまう」

乳母がかなり本気で憤ったので、悄気こんだ姉君は、香子を見てべそをかいた顔になりました。香子は姉君を気の毒に思う反面、あんなに憤るところを見ると、あれは、やはり図星だったのだ、それも乳母自身も気付いていない図星にちがいないと、自分の観察力の確かさをひそかに誇るのでした。

けれども確かに宣孝どのがやって来ると、日頃は火の消えたような為時邸が一挙に賑やかになります。為時どのの毎日は書見をしているか、子供たちに訓読をしているかなので、召使いたちも笑い声一つたてられないような、重苦しい、黴臭い雰囲気が邸内に充満しています。それを時折やって来る宣孝どのが吹き飛ばしてくれるのです。

おまけに裕福な宣孝どのは、訪れる度(たび)に土産物(みやげもの)をどっさり持参し、それが下々にまで行き渡るので、召使いたちの人気も抜群なのです。

「このお館に参上すると、主(あるじ)は陰気で小むつかしい顔をして居られるが、姫たちの御成長を見るのが愉(たの)しみでな」

その日も宣孝どのは扇を使いながら、ずかずかと廊下を歩いて来られました。これは、ここ数年の口癖なのでございます。

「ほう、ほう、お二人とも、いつもながら才色兼備――」

――色の方はともかく、話もしないのに、どうして才の方が分かるのよ。それに「いつもながら才色兼備」とは、何とも妙ちくりんな表現だわ。

香子は皮肉な笑いがこみあげそうなのを我慢しています。一方昼過ぎから、不機嫌な状態の続いている姉君は、にこりともせず押し黙っているのですが、額にかかった髪を掻(か)きやりもせず顔を伏せている様子がひどく悩ましく見え、美人は得だ、と香子は思うのでした。

ひとしきりの挨拶が済むと酒でございます。為時どのはあまりたしなまれませんが、宣孝どのは酒豪と聞きました。為時どのの邸は東京極大路(ひがしきょうごくおおじ)の西に面しているので近くの賀茂川の水を邸内に引き入れて泉水も豊かで夏草が茂り蛍などが飛びかっているのですが、母屋(おもや)ではそんな風情を愉しむ気持ちは毛頭ないらしく、かなり酔いの廻った宣孝どのの笑い声が響き、少し陰気な為時どのの声も混って聞こえます。

「あんなに酔って。馬鹿みたい」

姉君が吐き捨てるように呟いた声を香子は聞きのがしませんでした。ひょっとしたら、姉君は、今夜が特別な夜になることをすでに察知しているのでしょうか。これまで、宣孝どのが邸を訪れたことは一年に、二度か三度。あまり幼い頃のことは覚えて居りませんが、ここ数年、そうした機会がございました。しかし、着物まで替えさせられたのは今回が初めてでございます。乳母は宣孝どのから、内々に何か、つまり妻問いの申し込みのようなものを受けているのでしょうか。そして、姉君は、それに感付いて、このように苛ら苛らしているのでしょうか。

蛍集めにも倦きて姉妹がそれぞれの部屋に引きとった頃、遅い月がのぼりました。香子はいつものように大殿油近くで物語を読むのです。漢籍の勉強は昼間、夜はこの国の数々の歌集や古い物語、というのが香子の日課でございます。大殿油の明りから目を虚空に放つと、暗闇のなかに歌集に登場する人びとや物語の主人公たちがゆっくりと動き始めるのです。一度読んだものでも、好きな個所は繰り返し読みます。

——たとえば『伊勢物語』の狩の使いの段など……。

昔、男が狩の使いで伊勢に行ったとき、斎宮と禁を犯して寝てしまう話でございます。翌朝、女は、

「君やこし　我やゆきけん　おもほえず　夢かうつつか　寝てかさめてか――あなたがいらっしゃったのか、それとも私の方から出かけて行ったのか、よくわかりませんわ、あのことは夢のなかの出来ごとだったのでしょうか、それとも本当のことだったのでしょうか、寝ていたのか、起きていたのか、それさえもはっきりしないのですもの――」

という歌を男に贈ります。

香子は、この歌が好きでございます。うまいなあ、と思います。このような恋愛の形も好きですが、何よりも歌のうまさに魅(ひ)きつけられます。その返しに男が、

「かきくらす　心の闇に　まどひにき　夢うつつとは　こよひ定めよ――私だって、あの夜の闇にまぎれて、何が何だか分からなかったのですよ。あのことが夢だったかうつつだったかは今夜はっきりさせましょう。今夜、うかがいます――」

と言いやったのですが、その夜は夜っぴて宴会があって、とうとう男は女の許(もと)に行けなかった、という短い物語ですが、この男の返歌の方は、あまりいただけません。

――下(しも)の句が何だか理屈っぽい。わたしみたい。

そして香子は、ひとりでくすくす笑うのです。

物語を読むとき、暗闇のなかで香子は、登場人物の一人一人に、好みの衣裳を着せていきます。古物語に登場する人たちは、必ずしもいまのような染めや織りを着てい

なかったかもしれません。でも、それが香子の愉しみでございます。

斎宮の寝所に忍んで行くときの男には丁子（ちょうじ）染めの単（ひとえ）に濃い縹（はなだ）の直衣（のうし）を着せます。丁子は深く染めますと薄茶色から黄味を帯びた薄紅に近い色にあがるので縹の藍色との配色が粋（いき）になります。同時に爽やかな匂いが出ます。この爽やかな匂いが斎宮の寝所に忍ぶのにふさわしいと思えます。

——そして斎宮は寝所にいるのだから……。

香子が白い生絹（すずし）の単を思い浮かべたとき、渡り廊下のあたりで突然、人の足音がもつれて聞こえました。母屋の酒宴が終わったのかもしれません。香子は首を縮めました。姉君と香子の部屋は衝立（ついたて）障子をたてただけの隣り合わせでございます。今夜はいつまでも読書というわけにはまいらないでしょう。香子は大殿油を消し、早々に衾（ふすま）を引きかつぎました。

どれほどの時間が経ったのでございましょう。はじめ、寝つきが悪いかな、などと思っていた心配もどこへやら、いつのまにか、ぐっすり眠って居りました。

——暁けがたなのかしら。いや、まだ外が真っ暗な様子は蔀（しとみ）から洩れて来る白い光がないことで知られる。……わたしは、夢を見ているのだわ。寝る前に読んだ物語の夢。時折、物語と夢が、ごっちゃになることはあるけれど……。

「あっ」

香子は、声にならない声をあげて、飛び起きようといたしました。しかし、両の足首を強い力で押えつけられているので、動くことができません。夢でも物語でもなく、本当の男にちがいありません。頭の後ろへ、かっと血がのぼりました。足首が動かないので、上半身を起こそうとすると、酒臭いにおいがかぶさって来ました。

――誰？

しかし、訊かなくとも分かって居ります。宣孝どのです。

――何故、また、宣孝どのが……。あ、姉君と、間違ったのだ。

香子は渾身の力をふりしぼって宣孝どのを突き飛ばそうとしました。しかし、もがけばもがくほど、男は香子の身体を自分の全身でくるむようにして押しひしいで来ます。

「わたしは姉君ではありません。姉君は隣の部屋……」

「……………」

男の腕の力がふっと緩みました。その際に香子は男を突きのけました。しかしいったん突きのけられた男が、今度は正面から猛然と飛びかかって来ました。

「ちがう、ちがうと言ったら」

香子は小さな声に力をこめました。大声をあげると騒ぎになる、とその理性だけは働いて居りました。父君の客人に恥を掻かせないようにして、目的である姉君の部屋に行かせなければならない……。

「止して下さい。人ちがいです」

だが、次第に香子は抗うのに疲れて来ました。手も脚も動かなくなり、唇を動かすのがやっとという状態になりました。すると男は、その疲れを待っていたように、左手で香子の肩を押さえ、右手と脚を使って、力まかせに香子の身体を開かせました。

「人ちがいなものか」

初めて、押し殺した声で口を利きました。酒臭い息がもう一度耳の後ろで囁きました。

「人ちがいなものか。私は、ずっと、あなたにこがれていたのだ」

——嘘よ。恰好がつかなくなって、そう言ってるだけなのよ。

香子は、そのあいだじゅう、首を振り続けていました。声を立てないで涙を流していました。屈辱で、口も利けないほど胸も塞がっていました。

男が身づくろいして部屋を出て行ったあと、まんじりともせず、宙の一点を睨みながら、傷つけられた誇りのために復讐を考えていました。

翌朝のことでございます。早い御出発とかで宣孝どのの陽気な声が渡殿から聞こえてまいりました。

——まるで、何事も無かったような……。

香子は全身の血が逆流するのを覚えました。早速に筆を取って、宣孝どのの行先を追いかけるようにして、使いの少年に文を持たせました。思いついて、庭先の朝顔の花をつけて詠んだのでございます。

おぼつかな　それかあらぬか　あけぐれのそらおぼれする　朝顔の花

〈――ほんとによく分かりませんこと。昨夜のあの方なのか、それとも別の方なのか。お帰りのとき、薄明りの空の方で、そらとぼけていらっしゃった今朝のお顔では、どうも……〉

使いを出してしまってから、不意に後悔の念が襲ってまいりました。後朝の歌というものは、もともと、帰って行った男のところから女の許へ、先ず贈って来るのが常識でございます。香子の行為は、型破りというより、ひどくはしたない遣りかただったのではないでしょうか。怒りにまかせたとは言え、女の方から文を贈ったことで、男が逆にいい気になるかもしれません。

かっ、とのぼせた気持ちでいるところへ、早くも使いの少年が帰ってまいりました。返歌を持って居ります。

いづれぞと　色分くほどに　朝顔の　あるかなきかに　なるぞわびしき

〈――姉君か妹君か、どちらから贈られた花かと、筆蹟を見分けようとしているうちに朝顔の花が打ち凋れて、あるかなきかのはかない状態になってしまったのが切ないことでございます〉

――筆跡が見分けられないから、誰だか分からないですって。

またもや、新しい怒りがこみあげて来ました。昨夜は、

「人ちがいなものか」

と言っておきながら、ずるい。

香子は身震いしました。口惜しくて、身も世もあらぬ思いがいたしました。女に生まれた口惜しさ、でございます。子供の頃、弟の惟規の十倍くらいの早さで漢籍を読む香子を、父君はよく、

「お前が男であったらなあ」

と歎かれました。女が学問ができたところで何の足しにもならない、逆に男君に嫌われて縁が遠のくというのでございます。男は思いあがりが強いので、自分より女の

能力が上と見るとこれを避けたいのでしょうか。子供心に父君の歎きを聞くたびに、謂（い）われのない憤（いきどお）りを覚えました。けれども、宣孝どのの仕打ちに口惜しさで身内が慄（ふる）えるのは、それとも少しちがいます。何故このように腹が立つのか分からないので一層苛（い）ら苛らいたします。

その事件のあと、しばらくして姉君は亡くなられました。日頃から身体が弱かったのですが、流行病（はやりやまい）にかかって、あっという間でございました。宣孝どのは姉君の亡くなられたあとも、これまでと変わりなく為時どのを訪ねて来られました。訪ねられる度に、今度は、大っぴらに香子と交際をしたい、と申しこまれるようになりました。大っぴらに申しこまれますと、逆に大っぴらに断ることができます。香子はその度に、はっきりとお断りいたしました。

「あの夜のことを、お忘れですか」

宣孝どのが薄ら笑いを浮かべてそう仰言る度に、今度は香子の方がそらとぼけて、

「さあ、何のことでございましょう」

といなしました。言外に、あれは姉君とのあいだの出来ごとではなかったのですか、という意味を含ませているつもりでございます。もちろん、そんなことで引っ込むような宣孝どのではありません。香子が断れば断るほど執拗（しつこ）くなられます。もはや意地かもしれません。宣孝どのはすでに下総守（しもふさのかみ）藤原顕猷（あきみち）どのの娘御とのあいだに長男の隆

光どのを儲けられ、この若殿は香子とほぼ同い歳とうかがいました。他にも数多くの通いどころを持っていて、公私多忙だとうそぶいて居られるとも聞こえてまいります。その通いどころの一つに、このたびは、学者の娘を加えたが、こいつがまた手強くて、などと、いっぱしの色男きどりなのかもしれません。強引な上に風変わりなことが好きで香子の美意識にはまるで合わない方なのです。

こんなこともございました。あれは姉君の亡くなられたすぐの頃でしたから、もう五、六年も前のことになるでしょうか。その年の御嶽詣に、ひどく突飛なことをなさったのでございます。

御嶽詣と申しますのは、吉野の金峯山にお詣りする修行です。山にこもっての修行ですから、どれほど身分の高い方でも、修行にふさわしい質素な身装で出かけられるのが常識でございます。ところが宣孝どのは、

「詰らん習わしだ。よい身装でお詣りしてどこが悪い。御嶽の神さまも、まさかぼろぼろの着物を着て来いなどと仰言っているはずはない」

とうそぶいて、紫のとても濃い指貫に白い狩衣、袿は山吹襲つまり表は赤っぽい薄朽葉・裏黄というけばけばしい装束で、息子の隆光どのにも、青色の狩衣、紅の袿、乱れ模様を摺り出した水平袴を着せ、親子ともども突拍子もなく派手に繰り出して行かれました。

香子は、もとよりその有様を直接に見たわけではありませんが、聞いただけで顔が赧くなりました。一日のうちに都中に拡まった噂なのですが、その噂の張本人と自分が何らか関わりがあると思うと、恥ずかしさで、乳母たちの前でも捗々しい応答ができない有様でございました。

ところが参詣も終わって二か月くらい経った折、突然筑前の守の席が空き、宣孝どのはその後任に定まりました。習わしを無視して、人もあきれるような振る舞いをなさったが、神罰も当たらず、逆に幸運を摑まれたではないか、と人びとは驚き呆れました。

するとそれまで、香子の前では遠慮勝ちに宣孝どのの噂をしていた乳母や侍女たちが一変して、

「さすが宣孝さま、やはり凡人の考えつかないようなことを思いつかれるから、宮中でも話題になって、それがもとで、こんなふうな風の吹き廻しになるのでしょうね。何事も目立たなければ駄目よ」

とまるで、邸の主人の為時どのに国司の役が廻って来ないのは、為時どのの引っ込み思案のせいだと言わんばかりの口ぶりになったのも情無い限りでございました。

為時どのも、さすがこの行状には呆れられたのでしょうか、婿顔で訪ねて来られる宣孝どのに、心持ち隔てを置いてあしらわれるようになりました。もちろん、そのよ

うなことで怯（ひる）む宣孝どのではありません。逆に得意満面でやって来られ、

「筑前へまいります、しばしのお別れですが、帰京しましたら、色よいお返事をお願いしますよ」

などと仰言るのです。

宣孝どのが筑前に行っていらっしゃるあいだ、香子は、何となく、ほっとして居りました。これを機会に縁が切れてしまうのなら、それに越したことはないとさえ思って居りました。そして、いつとはなしに宣孝どののことは忘れて過ごしました。

宣孝どのが筑前に去られると、香子の身辺にまるで男気（おとこけ）が無くなりました。為時どのが散位（さんに）で逼塞（ひっそく）して居られるせいもありましたが、男気ばかりでなく、人気（ひとけ）も少なくなりましたが、しかし香子は少しも淋しくありませんでした。思うさま本が読めますし、それに、姉君が亡くなられたあと、同じ頃、妹君を失くされた従姉の君との文通が始まりました。為時どのの姉にあたる方、つまり香子から言えば伯母君の娘でございます。この従姉の君を香子は「姉君」と呼び、そのひとは香子のことを「中の君」と呼び、互いの往来が頻繁になりました。文通だけでは気が済まなくなり、女同士の心安だてに物詣でに連れ立って出たり、写本の交換に言い寄せて訪問を重ねたりいたしました。

四年経って、宣孝どのが筑前から帰られました。香子は、このままの無沙汰が続く

ことを願って居りましたが、宣孝どのはいそいそとやって来られました。日灼けして以前より少し太った元気な顔で、相変わらず騒々しく派手に訪れて来られるのに、香子はすっかり滅入ってしまいました。

——いっそ、この申し込みを受け入れてしまった方が、早く事が済むのではないか。

そんなふうに思ったことさえございます。

出帆（しゅっぱん）の呼び声に、香子は、はっと我に甦（かえ）りました。息子や娘に取り囲まれていた乳母が人びとを掻き分けて来て香子の手を取りました。

「いったい何をしていらっしゃったのですか。皆さまは、とっくに乗りこんでいらっしゃいますよ」

口で文句を言いながらも、乳母は上機嫌でした。宣孝どのが使いをくれたことで、何はともあれ、安心しているのでしょう。

——しかし、わたしは、あの男を捨てて越前へ行く。

香子は心のなかで叫びました。気持ちが昂揚してまいりました。女だって、男を捨てることができるのだということを、あの男に思い知らせてやりたい。いや、あの男だけではなく、京中の男に思い知らせてやりたい。

けれども、京じゅうの男に香子のこの気持ちを知らせることはできません。

――誰も、わたしと宣孝どのの経緯なんて、知らないんだもの。

父君や乳母などという身内の人たちだって知らない宣孝どのとの十年近い確執です。しかも香子の本心は、その宣孝どのにも通じないのです。それを思うと、もどかしいようでもありますが、通じさすことは、初手から無理なような気もいたします。香子だとて、自分の行為が世間の常識からはずれてしまっていることは承知しています。

――でも、どうして、京中の男に思い知らせてやりたい、などという気持ちになったのだろう。

船はゆったりと岸を離れました。別れを惜しむ声が一際高くなり、不意に泣き出す者もいて、そのうち、見送りの人びとの姿が次第に小さくなり始めました。香子は、その豆粒ほどの人の姿が、すっかり消えてしまうまで船縁に立ちつくして居りました。

沖に出ると風が冷たくなってまいりました。もっとも、陸地が見えなくなるほど遠去かるわけではありません。水行と言って岸を望みながら沿岸沿いに航行するのでございます。

「あ、見えて来たぞ、あれが竹生島だ」

「竹生島だって？　まだ早いのじゃないか」

「じゃあ、何だ」

「船頭にたずねて見ろ」

京育ちの男たちが騒ぐのに、船頭が無愛想な声で、行手は竹生島、このあたりは三尾が崎という、と教えています。

近江のみづうみにて三尾が崎といふ所に網引くを見て

三尾の海に　網引く民の　てまもなく　立ち居につけて　都恋しも

〈――三尾の浜辺で網を引いている漁師たちの手を休めるひまもなく忙しそうな様子を見るにつけても都が恋しくなるのです〉

書きつけてから香子は苦笑いしました。

――わたしときたら、少しも歌が上達しない。

この旅を機会に歌日記をつけようと、当初は思いきめていたのですが、なかなか思うようにまいりません。少女時代から、歌はつくっていたのですが、だんだん下手になるような気さえいたします。香子は、以前自分がつくった歌をたぐり寄せ、思い出そうとしました。

いつでしたか、夫が遠国の国司になったため、別れ別れにならなければならない女友達から歌が来ました。彼女は夫に従って遠国へ行こうか、どうしようか、ひどく迷っていました。夫に従って京を離れれば、それでいわば正妻というふうなものになるのかもしれませんが、そんなことくらいで京を離れてしまうのもどうかと、とつおいつ思案していたみたいでした。

露ふかく　をく山里の　もみぢ葉に　かよへる袖の　色をみせばや

〈――たっぷりと露のおいた奥山里のもみじの葉は、このように色濃いのですが、悲しみの血の涙に染まってこのもみじ葉のように濃くなってしまった私の袖の色をお見せしたいわ〉

香子も、もちろん返事を認(したた)めました。

あらし吹く　遠(とほ)山里のもみぢ葉は　つゆもとまらむ　ことのかたさよ

〈――嵐の吹く遠い山里のもみじの葉は、少しのあいだでも梢に留まっていることは難しいでしょう。そのように、あなたを連れて行こうとする力が強く

ては、京に留まることは難しいでしょう〉

——やはり、わたしの歌の方が理屈っぽいわ。

香子は一人笑いしながら、その女友達のことを懐しみました。彼女は、香子の歌に、また「返し」を送って来て、

もみぢ葉を　さそふ嵐は　はやけれど　木の下ならで　行く心かは

〈——もみじ葉を誘って散らせる嵐は速く吹きますが、木の下、親のいる、この京の木の下でない所へ行く気になれるものですか〉

と、そんなふうに詠んでいたのですが、結局、男君に従ってしまいました。辛い、悲しいことだけれども、仕方がなかったのでございましょう。女友達がそんなふうにして、京を去って行くとき、香子はいつも、言いようもない淋しさを覚えました。

めぐりあひて　見しやそれともわかぬまに　雲がくれにし　よはの月かな

〈――久しぶりに会ったと思ったら、あなたなのか、どうなのか分からないいくらい、あっという間に、月が雲に隠れるようにして帰ってしまったわねえ〉

これは、ずっと幼い頃からの仲の良い女友達との別れ歌でございます。このときは、よほど悲しかったのか、香子は立て続けに二つも歌をつくって居ります。「その人、とほき所へいくなりけり。秋の果つる日きて、あかつきに虫の声あはれなり」と書き留めています。

鳴きよわる　まがきの虫も　とめがたき　秋の別れや　かなしかるらむ

〈――まがきに力無く鳴いている虫も、遠くへ行くあなたを引きとめられない、この秋の別れが、わたし同様悲しいのでしょうか、ほんとに弱々しく鳴いています〉

会えた、と思った喜びが大きかっただけに悲しみもまた深かったと思います。あのとき、あのひとは、何の用事だったか、突然、京に戻って来て、そしてまた、急いで筑紫に向かったのでございます。そのとき言い残した言葉は、いまも忘れません。「わたしのように母の居ない娘は、この世に居場所がないのよねえ。とにかく、父の行く先にくっついて行かなければならない。その点、あなたは倖せよ。母君がいらっしゃらなくても」

香子の父君が散位で、ずっと京住いなのを、彼女は逆に羨ましがったのでございます。

「その代り、貧乏よ」

香子が溜息をつくと、はっきりと首を振りました。

「たとえ貧乏でも、京住いの方が倖せよ。田舎はねえ、何と言おうかしら、ともかく話の分かる人がいないのよ、男でも、女でも」

「そうかしらねえ」

香子にはまだ田舎暮らしの現実は分かって居りません。これから味わうのかもしれませんが。

香子のずっと幼い頃、為時どのは播磨（はりま）の国の権少掾（ごんのしょうじょう）でございました。京から直接派遣される役人としては下位でございます。したがって帰京もままならず、身重の身体で一緒に播磨に下られた母君は、ここで姉君を産まれました。続いて香子も弟の惟規どのも播磨の国で生まれました。田舎住いの若い役人の一家でございます。しかし

す。母君もまだ存命で、香子は光溢れる絵のような愉しい幾枚かの思い出を持って居りま

眠ってしまいそうな程穏やかな波が、のったり、のったり打ち返す播磨灘の浜辺で貝拾いに興じたこと。周囲の景色など何一つ覚えて居りませんし、どんなふうにして浜辺へ出かけたのかもはっきりしません。しかし、きらきらと輝く波の向こうに眩しそうに目を細めた母君の笑顔は、いまでも目を閉じれば浮かんでまいります。もっとも、その母君の目鼻立ちは明瞭でなく、気配で、笑顔だと思いこんでいるだけなのですが。

それから躑躅の花の思い出。ここには母君は出て来られません。すでにお亡くなりになっていたのでしょうか。乳母と姉君が紫がかった紅の山躑躅の花をいただいて来て、召使いたちがそれを仏間に活けていたこと。書写山円教寺の灌仏会の法要に参詣した国府の役人たちが持ち帰って来たのだとは、あとからの知識で思い出を修正しているのかもしれません。あのお山では、仏生会の花祭の花は、この躑躅のことを言うのだそうだと、乳母が教えてくれました。

飾磨の港に陸揚げされた見事な桜鯛が荷担ぎの籠のまま国司さまのお館に献上され、みなで歓声をあげたこともありました。あのときは、国司さまから配られた焼き鯛を部下の者たちの家族もいただくことが出来て、父君が箸で取り分け、姉君と香子の口

へ、少しずつ運んで下さった……。

覚えていることは取りとめもないけれど、反芻していると、田舎暮らしが、あながち暗いものとばかりは思えません。


「まあ、姫さま、もう宣孝さまを恋しがっていらっしゃるのですか」

乳母のあたり憚からぬ声が響くので振り返ると、書き捨てた歌反古を読んで居ります。そうではないの、それは、都恋しいという挨拶みたいなもの、約束ごとの歌なのよ、と言おうとして、香子は、はっと口を噤みました。父君の為時どのが、凝っとこちらを見ていらっしゃるのに気付いたのでございます。香子は思わず目を逸らしました。為時どのが、宣孝どのの香子に対する執拗とも思える求愛を、どう考えておいでなのか、香子にはよく分かりません。無理強いはされませんが、かといって断ってしまってもいいよ、とは仰言らない。為時どのの気性から、万事何事にも派手派手しい宣孝どのを、決して快くは思って居られないのは明白でございます。一門ではあるし、なかなかの遣り手なので、つきあっておく必要はあると判断していらっしゃるに過ぎません。さっぱり男縁のない香子の、唯一の可能性なので、迷いながらも繋がりを温存させておこうとなさってもいます。

その為時どのの気持ちが、はっきりと出たのが今回の越前下向でございます。為時どのには、京に通い妻がございます。香子たちの母君が亡くなったすぐあとのつきあいで三人の子供もある間柄でございます。国司ともなれば身の廻りの世話をする女性、それも、公私を兼ねて世話し、屋敷うちをも管理する奥方が必要でございます。これを機会にこの女性を正室として越前下向に伴なおう、と為時どのは考えられました。

ところが何を思ったか香子が、いきなり、

「わたしが父君のお世話と屋敷うちの管理の役目をかねて越前へまいります」

と言い出したのでございます。

「宣孝どののことはどうするのだ」

しかし為時どのは、それを口に出されませんでした。

「わたしを越前へ連れて行って下さいませ」

香子は泣き出しそうな、思いつめた顔つきで、為時どのを凝っと見ました。

「京に残りたくないのか」

「はい」

「そうか」

それきり何も仰言いませんでした。しかし翌日は早速乳母に香子の旅立ちの衣類などの用意を指示されました。

「姫さまを越前へ、でございますか」

突然、乳母の不満そうな声が洩れてきました。香子は部屋に入ろうとして、ためらいました。香子の部屋で、父君と乳母は、何やら低い声で相談を始められました。それから、乳母の今度は明瞭な言葉で、

「分かりました、その方がよろしいかと存じます」

と聞こえて来ました。香子は急いでその場を離れました。父君と乳母が、そのときどのような相談をされたか、香子には察しがつきました。とにかく、いったんは宣孝どのとのあいだを引き離した方が事態がはっきりするだろう、というようなことだったのではありますまいか。そこへ出発間際にやって来た宣孝どのの思わせぶりな使者でございます。乳母は手離しで喜んで居りますが、父君の考えは、また違うように思われます。

香子は、越前の国司が決定してから、父君の香子の結婚に対する態度が少し変わられたように思います。以前は、宣孝どのに対してあまり突っぱらない方がよいのではないか、あの男もあれでなかなか実直な一面もあるから、子供でも生まれたら決して粗略にはしないだろう、その子とお前が一生暮らして行くくらいの面倒は見てくれるだろう、という意味のことを婉曲（えんきょく）に言って居られたのですが、最近は、香子一人、一生不自由なく暮らせるくらいの財産は残せそうだから、お前は好きな学問に打ちこんでもいい、と仄（ほの）めかされるようになりました。少ない見聞ですが、香子だとて越前ほ

どの大国へ行けば、たとえ父君のような蓄財能力のない学者国司でも、それが満更、画餅(がべい)でないと見当はつきます。ですから、父君は、いま迷って居られるにちがいありません。

そのうち、暮れ易い秋の陽が、早くも西の山に沈み、湖面が真っ暗になってしまいましたので、船泊まりすることになりました。父君が香子のところにいらっしゃって、ここが『万葉集』にも歌われている有名な「安曇(あど)の港」だと教えてくださいました。

「高市黒人(たけちのくろひと)の『率(あども)ひて　漕ぎ去(い)にし舟は　高島の安曇(あど)の港に　泊(は)てにけむかも』でございますか」

例によって、香子がすらすらと誦(そら)んじるのを為時どのは満足そうに笑って、

「香子も、先ほど書き留めていたようだが」

と促されます。

「黒人のあとには、出すのは憚られますが……」

前の歌よりも幾らかはましに出来たものを差し出しました。

磯がくれ　おなじ心に鶴ぞ鳴く　なに思ひ出づる人や誰ぞも

〈——磯のあちこちで鶴が鳴いているけれどまるでわたしの心と同じに悲しが

って鳴いているように聞こえる。鶴よ、お前はいったい誰を思い出して鳴いているの〉

「たった一日しか経っていないのに、もう二首も、京を恋しがる歌を詠むようでは、これから先が思いやられるねえ」

為時どのは半分は冗談めかし、半分は香子の本心を探るように、凝(じ)っと目を覗(のぞ)きこんで来られます。

「宣孝どのではありませんわ」

香子は乳母に聞こえないように声をひそめました。

「乳母が、あのひとなりに本気で心配しているのが可哀そうで、それに、これは、あのひとたち自身の生活をもかけて、ひとごとならず心配していることなので、その意味からも、わたしは、宣孝どのとの縁組のことを、決して粗略には思って居りません。でも、生活が成り立つのなら、宣孝どのと結ばれたくはないのです」

「ふうん。すると、京にいる香子の恋人は誰ということになるのかな」

「恋人なぞ、居りません」

香子は、にこにこしました。

「恋歌めかして作ってみただけですわ。香子は、物語(そらごと)の恋歌をこさえているのです。

ほら、この歌の方が『三尾の海――』の歌よりよく出来て居りますでしょう。理由は、『三尾の海――』の方は、自分が本当に京を恋しがっている気持ちがあって、それを詠みこもうとしたのでうまく行かないのです。どういうわけか香子は、物語のなかの男や女になり代わって歌をつくる方がうまく出来るのです」

「ふん、ふん」

為時どのは、しきりと頷いて聞いていらっしゃいましたが、やがて、ふと思いついたように、

「ねえ、香子。お前は、ひょっとして、物語をつくる才能があるのかもしれないよ」

と言い出されました。

「物語、でございますか」

香子は、遠くを凝視める目になりました。それを考えたことがないわけではありませんでした。けれども、『竹取物語』とか『落窪物語』とかいった類のお話を書くことは、何となく気が進みません。香子が最近もっとも心を動かされたのは伯父の為頼どののお邸で引き写したとかで父君が戴いて来られた『かげろふの日記』でございます。

為頼どのは、越前の国へ旅立つ書物好きの香子のために「雪国の冬のつれづれに」と賜ったそうですが、香子は出発前にもう読んでしまったのでございます。数年前亡

くなられた太政大臣兼家公の夫人の手になるもので、宮中の、特に女房たちのあいだで大変な評判だから、と伯父君が、わざわざ写本して下さったのでございます。この第二夫人も去年亡くなられ、今年の五月、子息でいらっしゃる右大将道綱さまが一周忌の法事を営まれたとか。亡くなられてから一層その文名があがり、もともと歌の上手ではいらっしゃったのですが、この『日記』の見事さ、面白さの方が立ち勝るという評判なのでございます。

――あの『日記』のように、日々の生活のあれこれを書き連ねながら、それが自然に物語をつくって行くふうな具合に出来ないものか。例えば、兼家さまがその昔、さる女性に生ませたままで打ち忘れていらっしゃった姫君を引きとって来て、父娘の対面を実現させられる場面など、物語を読む面白さがありながら決して絵空ごとではない。あんなふうに書けば、「物語」も決して馬鹿馬鹿しいお話にはならない……。

「どうした？　何を考えているのだ」

父君に言われて香子は我に甦（かえ）りました。自分の思いにとりつかれて、上の空でございました。為時どのはそんな香子を、幼い娘でも眺めるような優しい視線に包んで、

「さあ、もう寝よう。明日の出発は早いよ」

と自分の衾（ふすま）を引き被（かつ）がれました。

香子は国司さまの御座所にだけ灯されているほの明るい明りの下で、なかなか寝つ

かれませんでした。船泊まりなど、生まれて初めてでございます。仕切りを隔てた板間の方には、父君の部下たちだけでなく、船子(ふなこ)たちも混って眠っているらしい気配が伝わってきて、とても落ち着いては居られません。それでも、ようやく空が白みはじめる頃に、短く深く眠ってしまったようでございます。目が覚めると、船はいつのまにか穏やかな湖面に滑(すべ)り出して居りました。陽が昇るのには、いっときの間があるのか、濃い霧の向こうに水平線は押し隠されて居りました。

「お目覚めでございますか」

乳母の持って来てくれた泔杯(ゆするつき)の水で顔を洗い、髪を撫でつけて居りますと、すでに起きて、船頭たちと予定を打ち合わせている父君の元気のよい声が聞こえてまいりました。越前の国司に定まってから、為時どのの声には張りが出ましたし、加えて乳母たちまでが、いそいそと、外部の人たちには幾らか高慢に構えるふうが見えて来ました。昨日、今日、気付いていることですが船に乗ってから、さらにその態度が助長されて見受けられます。

「だって姫(ひい)さま、間もなく越前の領内でございますが、越前へ着けば、姫さまの父君より上の方はいらっしゃらない。一の人でございます。わたくしたちの肩身もずうんと広いと言うもの」

乳母が高声で無邪気に言うと、かえって香子は身が縮む思いです。

霧が晴れ、ようやく太陽が見えて来たときは、朝日と言うには少し遅過ぎました。

「湖の上から陽が昇って行くところを見たかったのに」

香子が残念がりますと、乳母は大袈裟に眉をひそめて、

「もう、変なことにばかり気持ちの動く姫さまでございますね。早くお食事をなさって下さいまし」

と急きたてます。安曇の港を出るときに運びこまれたにちがいない、まだ温いむかご飯が竹の皮に包まれたまま香子の膝の前に置かれています。他に、京からの見送り人たちが差し入れた唐菓子や胡桃やざくろなど。

食べ終わると昨夜の睡眠不足のせいか、香子は、うつらうつらしはじめました。侍女が袿をかけてくれたのも知らないでいましたら、不意に船が激しく揺れ出しました。香子は飛び起きました。強い風にあふられて、船の屋形の屋根が鳴りはじめました。いまにも吹き千切られて飛びそうな勢いです。

——嵐でも来るのかしら。

香子は屋形を出て空を仰ぎました。行手はすでに真っ黒な雲に閉されています。朝の食事の前までは滑らかな油を流したようだった水面に、白い三角波が立っています。三角波は次第に大きくなり、飛沫をあげながら香子たちの船に襲いかかって来ます。

雨はまだ降ってはいませんが行手の黒雲から、稲妻が走るのが見えます。

——夕立が来るのかしら。

こんな季節に、と思ったとたん、船を揺さぶって雷鳴が響き渡りました。

「姫さま——」

雷嫌いの乳母が、香子の側へ駈け寄って来て縋（すが）りつきました。

「どうしましょう」

「大雨が来そう」

「怖いわ。こんな船、ひとたまりもなく沈んでしまうのじゃないかしら」

女たちが総立ちになった気配と、

「夕立です。落ち着いて、蓆（むしろ）を用意しますから、動かないで」

「動いてうろうろすると船が傾いて沈みますぞ。座ったまま、座ったまま」

と船頭たちの叱りつける声とが交錯して、それから、それらの声を押し潰すように、ざあっと叩きつける雨脚の強さ。

かき曇り　夕立つ波の荒ければ　浮きたる舟ぞ　しづ心なき

夕立が納まってから、香子が書き留めた歌でございます。

「どこが『浮きたる舟ぞしづ心なき』でございますか。姫さまは落ち着き払っていらっしゃったではございませんか」

乳母が呆れたように申します。

「舟が夕立を怖がっていたのだよ、多分。香子は平気だったのだろう」

為時どのは笑いながら、

「相変わらず理屈の歌だね」

と雨粒で濡れた短冊を丁寧に伸ばされます。それから、ふと思い出したように頷かれました。

「そうだ。越前は紙の産地だよ」

「紙の？」

香子が意味を解しかねて居りますと、為時どのは、大きく二、三度頭を振られました。

「全く、それを忘れていたよ。播磨の国の杉原紙には及ばないだろうが、しかしかなり上等と聞いた。これを香子にどっさり献上いたしましょう」

「…………」

「聞くところによれば、清少納言とかいう才女が、中宮定子さまから、沢山の紙をいただかれたそうな」

「『枕草子』でございますか」

その話なら、香子の耳にも入って居ります。定子さまの兄君伊周さまが献上なさった草子を、定子さまが清少納言にお見せになって、帝はこれに『史記』を写本なさったのだけれど、さて、わたしは何を書こうかしら、『古今集』でも、と仰言ったのを、わたしに下さったら枕にいたします、と例の当意即妙でお答えしたら、じゃあ、あげましょうと気前よく御下賜になった、冗談が真になって、これを『枕草子』と名付け、機智に委せてさまざまなことを書き散らしたものが宮中で大変な評判、写本を皆で廻し読みしているがなかなか順番が来ない……。

もちろん宮中に何の関わりもない香子の身分では、いつ写本が手に入るか、それも分かりません。しかし、読んでみたい気持ちだけは評判を聞くにつれ、次第に強くなって行くのです。

「しかし、清少納言も清少納言だが、香子の才能も素晴らしいと私は信じている。中宮さまと比べるのは畏れ多いが、国の守の私が贈る越前紙に、香子も何か書いてみたらどうだろう」

「お父さま」

香子は思わず涙ぐみました。嬉しかったのでございます。世に拗ねたようにして暮らしている香子の心中を、父君だけは理解していてくださる、越前にいるあいだに、そう、やはり「物語」を書こう、そんなふうに思い決めました。

そうこうしているうちに、船は塩津の入江に着きました。その夜は塩津泊まり。前夜は船のなかの寝苦しい夜、その上、昼すぎからの夕立、と気持ちも身体も休まる暇が無かったものでございますから、供の者たちも早々に寝所に引き取り、皆、ぐっすりと眠りました。

　翌日は秋晴れの爽やかな朝、難所の塩津山に向かいました。あまり輿（こし）に乗ってばかりいては、かえって身体の節々が痛むので、できるだけ歩くようにしていた香子でございますが、山越えにかかると、さすがにそういうわけにはまいりません。上下に揺れ傾く輿の縁に摑まって、何と長い山路だろうと気持ちの悪さを我慢して居りますと、人夫の男たちもぶつくさ言いながら登って行きます。

「ほんと、やりきれないよ」

「いつ通っても辛（つら）い道、辛（から）い道……」

　香子は人夫たちが、辛（つら）い、辛（から）い、と塩津山を登るのが面白くて、早速、一首つくりました。

　　知りぬらむ　往来（ゆきき）にならす　塩津山　世に経る道は　からきものぞと

〈――分かりましたか、お前たちが始終、往来しているこの塩津山の道は、そ

の名の通り、辛い道なのよね。そして、世のなかを渡る道も、やはりこんなふうに辛いのだわね〉

香子は首を振りました。つくってはみたけれど、あまり良い歌とは思えません。理屈っぽい、いつもの癖が抜けない上に、何だか年寄り染(じ)みています。

——おじいさんの説教みたい。

自分で言って、自分で苦笑いして蔵(しま)いこみました。そのうち塩津の山も下りになりました。下りは幾らか楽なのか、人夫たちの足取りも軽くなり、その日のうちに敦賀に着きました。敦賀は、もちろん越前の国でございます。為時どのの仕事は早速に始まりました。漂流の宋人たちとも会わねばなりません。

「私が越前に配転になった最大の理由だから、ちゃんと勤めあげねばならぬ」

為時どのは気負いこんで居られました。

翌日は、出迎えに参上した国府の役人たちの挨拶に続いて宋人の謁見(えっけん)、道長さまへの報告書作成、と為時どのは忙しい日を過ごされました。夜は歓迎の宴が張られ、都では一度も口にしたことのない新鮮な魚介類の御馳走が並べられ、もちろん香子たち女の御膳にもたっぷりと振る舞われました。

「その昔、播磨の国にいた折りにも、うまい魚を沢山いただいたものだが、越前の味はまたちがう。こちらの方が荒海の感じがして、私の好みだ」

為時どのは、すっかり御機嫌で、いつもは殆どたしなまれない盃を重ねられました。

敦賀には二泊し、愈々（いよいよ）国府のある武生（たけふ）に向かうのですが、陸路より、やはり少しでも船の方が楽とのすすめで、越前海岸沿いに、水行で杉津（すいつ）の港に着きました。杉津から武生へは二日弱の行程、途中、鹿蒜（かえる）の里で一泊します。ここまでは敦賀に配属されている役人たちや、彼らが調達して来た人夫に荷物を運ばせて送られますが、この里からは国府勤め、つまり本庁勤めの役人たちの迎えを受けて武生へ入ります。

思えば、はるばる来てしまったものでございます。

――ああ、そうだ。「姉君」からの歌にこの里が詠みこまれていたわ。

香子は慌てて文箱のなかから「中の君へ」と表書き（うわがき）された手紙を取り出しました。「姉君」「中の君」と呼びかわしている例の従姉君は肥前の守になられた父君の平維将どのに従って九州に向かうことになったのでございます。越前と九州……。離れ離れになる悲しさに、香子は出発の前に歌を送りました。

北へ行く　雁（かり）のつばさに　ことづてよ　雲のうはがき　かきたえずして

〈――春になったら、北の国へ飛ぶ雁の群に、あなたの手紙をことづけて下さ

いな。いままで通り、「中の君」へと書く、あの表書を絶やさず書き続けて、
雲の上を飛ばして来て下さいな〉

すると、このような返事が来たのです。

行きめぐり　たれも都に　かへる山　いつはたと聞く　ほどのはるけさ

〈――お互い、遠く離れて国々をめぐって、時が来れば誰も京へ帰って来るのですが、あなたの行かれる所には、鹿蒜(かえる)山とか五幡(いつはた)というところがあると伺いますと、ほんとに、いつまたお会い出来るのかと心細い気がいたします〉

――ここなのだわ、「姉君」が上手に詠(よ)みこまれた鹿蒜山というのは。

香子は、一種の感慨を持って周囲を見廻しました。山というにはそれほど高くもありませんが越すとなるとやはり道中は辛そうです。その谷間にへばりついた形で民家が群れているのが鹿蒜の里なのですが、歌に詠まれるとまた趣きが変わってまいります。門出(かどで)の歌に相手の目的地や道中の地名を詠みこむのは常套的(じょうとうてき)な表現ですが、もちろん「姉君」がここの土地をお通りになったはずはありません。おそらく『伊勢集』

の「忘れなば世にもこしぢのかへる山いつはた人に逢はむとすらむ」から採られたものにちがいありません。それにしても、五幡をどこで通り過ぎたか香子は記憶にありません。旅の慌しさにまぎれていたのでしょうか？

――帰りには、きっと確かめよう。

呟いてから、思わず首を竦めました。武生の国府に着かないうちに、もう帰り途のことを考えている自分が情無いような、しかし当然なような、奇妙な気持ちでございました。

鹿蒜の里を出立すると、国府武生は、間もなくと聞かされました。言われた通り日野川の流れに沿って歩いて行くと次第に展望が開け始めました。すでにとり入れの終わった水田の黒々とした土が、国の豊かさを示すように広がって居りました。視野が開けると人の気持ちも弾むのでしょうか、前を行く荷駄の行列から、突然歌声が響いてまいりました。最初は数人の男たちの濁み声で、何と歌っているのか判然としなかったのでございますが、次第に喉自慢が声を張りあげ、催馬楽だとはっきりしてまいりました。

　みちのくち
武生の国府にわれありと

親には申したべ
こころあひの風や

すると他のものが一斉に「さきんだちゃ」と囃(はや)します。「みちのくち」は越の国の入り口で武生のことでございましょう。「武生の国府でわたしは元気で働いていると、京の親たちに伝えておくれ、心あれば、あいの風よ」という意味でしょうか。

「あいの風、って何？」

香子が乳母を振り返って質(たず)ねますと、すぐ側を歩いていた若い男が、

「早春に東北から吹いて来るあたたかい風のことでございます。この風に京への便りを托したのでございましょうね、遊女(あそびめ)たちは」

と言うのでございます。

「この催馬楽は、遊女のことを歌っているの。じゃあ、京から遊女がここへ来ているのね」

香子は興味を覚えました。姫君の質問に若い男が困惑の表情を示したとき、前を行く荷駄の男たちが、また一斉に胴間声(どうまごえ)を張りあげて別の歌を歌い出しました。

さしぐしは

十まり七つありしかど
たけくのじょうの朝に取り
ようさり取り
取りしかば
さしぐしもなしや

　そしてまた、「さきんだちや」でございます。「たけくのじょう」は武生の掾（じょう）の位の役人のことでございましょう。これも遊女の歌だとすれば、香子にも意味は分かります。「わたしはさし櫛を十あまり七つも持っていたけれど、いつも遊びにいらっしゃる武生の掾のお役人が朝に取り、夜に取り、いつも持って帰られるので、とうとう無くなってしまったわ」ということになるのでしょうか。

「姫さま――」

　妙な歌に興味を示した香子の袖を引いて乳母が小声でたしなめました。

「あの男は目（さかん）でございますよ。守（かみ）の姫君が、あまり馴れ馴れしくなさるのは、どうかと思われます」

　香子は苦笑いしました。役人の位は、守・介（すけ）・掾・目の四段階あって、目は四等官だから、乳母は早くも見下しているのでしょうか。しかし香子は別の感慨に捉えられました。父君為時どのが大学を出て文章生となって、初めていただいた位が播磨権少掾でございました。この若者と、どれほどの開きがあるとも考えられません。それに催馬楽の文句が目でなく掾が遊びに行くらしいのが面白うございます。目では「朝に取り　ようさり取り」と通いつめるわけにはいかないの、と揶揄ってやりたい気持ちもございます。けれども、もちろん、香子の性格として、気軽にそれを口に出すことなど出来ません。冷やかす自分を想像して愉しむに留めます。

　そうこうするうちに、国司の一行は武生の町に入って行きました。築地塀をめぐらした京風の邸もあちこちに建てられて、予想よりずっと賑やかな町でございます。そのなかで、ひときわ長い塀と立派な屋根で周囲を威圧しているのが国府の庁舎と国司の住居です。到着の前触れで走り出して来た二、三十人の男女が、一斉に小腰をかがめて新しい主人を出迎えました。

　邸内に入った香子たちは、長途の旅の疲れを癒すために、早速に用意された湯浴みを済ませ、それぞれの部屋に寛ぎました。夕食までの時間、まだ陽の差している部屋で、御簾を下ろして、香子はうとうとしていました。

「でも、姫君、ってことはないでしょう」

「わたしは姫君と聞いたわ」

「まさか。奥方さまよ」

廊下を通る下婢らしい二、三人の囁き声に、香子は、ふと目を覚ましました。

「けど、奥方さまだとしたら、ずいぶん若過ぎるじゃない」

「あれくらいの奥方さまならいるわよ」

「あれくらいで、独り身の姫君はいらっしゃらないけれどね」

それから、くすくす忍び笑う声でございます。香子は、かっと身体中の血が逆流するのを覚えました。口さがない者どもの言葉の端々を気にすることはないと一蹴するには、少しばかり深く傷つきました。縁遠い姫君と嘲笑されたことに対してではありません。そのことについては、もう覚悟ができて居ります。他人に何と言われようと、我が道を行くつもりでございます。しかし自分がこうして、のこのこと越前まで従いて来たことが、父君の生活にひどく迷惑なのではないか、と気付いたのでございます。

いいえ、それは、もうとっくに、出発の前から気付いていたことなのでございますが、香子自身が京を逃れたいばかりに、父君の生活を無視したのでございます。無視したというより、父君は香子と一緒に赴任なさる方が、あの惟通たちの母君と共に過ごされるより愉しいにちがいない、と勝手に決めていたのでございます。

――惟通。

そう父君は、あの女の子供たちにも、弟の惟規と同じ惟の字を与えて可愛がっておいでなのです。その父君の親子水入らずの愉しみを香子が奪ってしまったのでございます。京に滞在していてこそ、通って行ける、あの子供たちとの団欒も、越前からでは無理というものです。

香子は落ち着かなくなりました。越前に着いたその夜から、京に帰ってしまいたいような気持ちに捉えられました。乳母が国司到着の祝宴が始まったと呼びにまいりましたが、香子は疲労を口実に部屋を出ませんでした。国司さまの傍で、縁遠い姫が、奥方然として座っている姿が、俄かに醜悪に見えて来ました。香子は灯りをつけない真っ暗な部屋のなかで一人凝っと動かないでいました。庭先からは振る舞い酒にあずかっているらしい下人たちの歌う催馬楽が聞こえてまいります。

さしぐしは
十まり七つありしかど
たけくのじょうの朝に取り
…………

――いやだ。あの歌の聞こえないところへ行きたい。
香子は両手で耳を掩って、衾を引き被ぎました。

第二章　宣孝・不本意な結婚

越前の冬は早くやってまいります。枯葉がすっかり落ちつくしてしまわないうちに、水っぽい、べたべたしたみぞれまじりの雪が降りはじめ、べた雪が小止みない粉雪に変わる頃、京の季節を基準にした具注暦(ぐちゅうれき)では、やっと初降雪の文字が見えます。

「初雪どころか、どう、この雪の深さ」

香子(かおるこ)は寒さのために一層気持ちが滅入ってまいりました。

ここにかく　日野の杉むら　埋(うづ)む雪　小塩(をしほ)の松に　今日やまがへる

〈――こちらでは、日野山に群生している杉をもすっかり埋めつくす雪が降っているけれど、京の小塩山の松にも、今日のこの雪に見まがうほどの雪が散

り乱れているのかしら〉

日野山というのは、館の東南の縁に立つと、視野を遮るようにして迫って来る山でございます。到着しました当座は、杉むらのつくる山肌の玄妙な色あいを美しいと眺めましたが、いまここに聳えている巨大な雪山は、ただもう気持ちが悪いばかりでございます。手すさびに書き散らした歌を「京が恋しくなったわ」と傍らの侍女に見せますと心得て、すぐに返してまいりました。

小塩山　松の上葉に今日やさは　峯のうす雪　花と見ゆらむ

〈――小塩山の松の上葉には、仰言るように今日は初雪が降って、峯の薄雪は、きっと花が咲いたように見えることでございましょう〉

――そう。小塩山では、花が咲いたように見えるのよね。

すると一層、日野山の何の変哲もない雪の壁が嫌になってまいりました。火桶に炭を掻き立て、その上へ掩いかぶさるようにして暖を取って居りましても、一向に温まりません。冬ごもりして読書を、などと考えて居りましたが、とんでもないことでございます。

「姫さま。姫さま」

庭の向こうから乳母が呼び立てている声が聞こえて来ましたが、香子は動く気もいたしません。それに、あの到着の日の下婢たちの陰口を聞いてしまって以来、乳母の姫さま扱いから逃れたいような気分にさせられているのです。

乳母に悪気のないことは分かって居ります。田舎とはいえ、初めて一の人の一家に仕えることの出来た乳母は得意の絶頂なのでしょう。越前に来て以来、やたら「姫さま」を連発します。香子にはそれが苦痛です。いっそ、侍女の一人のなかにもぐりこんでいたら目立つこともなく京に帰るまでの時間が過ぎて行くだろうに、とさえ思えてまいります。

――ああ、わたしは、もう帰る日のことを考えている。ここへ来て、まだ三月にもならないのに。

香子が几帳(きちょう)を引き廻したとき、「わっ」と甲高(かんだか)い喚声があがりました。男も女も総出で騒いでいるらしゅうございます。

「姫さま、こもってばかりいらっしゃると、なお寒うございますよ」

乳母が飛びこんでまいりました。鼻の頭を赤くして、はあはあ息を弾ませて居ります。興奮して、香子の手を取らんばかりに引ったてます。香子は、しぶしぶ縁に出ました。すると屋根から下ろした雪を一か所に集めて山のように盛りあげた上へ、誰かれなく登って騒いでいるのです。乳母までが年甲斐もなく、きゃあ、きゃあ叫びながら雪山の頂きから板に乗って滑り落ちています。

「姫さま、いらっしゃいませ」

「面白うございますよ」

「お滑りにならなくとも、雪山にあがるだけでも、いかがですか」

侍女たちばかりでなく、若い役人たちまでが互いに手を取りあって滑ったり転んだり、愉し気なのが香子は気に入りません。あまり執拗く誘うので、手許の紙に一首認めて、投げ出すように縁先に置くと、几帳のなかへ入ってしまいました。

　　ふるさとに　かへるの山の　それならば　心やゆくと　ゆきも見てまし

〈――故郷の京に帰るという名に因んだ、あの鹿蒜の山の雪山ならば、気が晴れるかもしれないと出かけて行き、見もしましょうけれど、こんな庭先の雪山など、ごめんだわ〉

香子の不機嫌に、庭の騒ぎはいっとき静まりました。それから今度はしのびやかに、しいっ、と互いを牽制しながら、また登り始めたようでございます。彼女たちはきっと捌けたところのない嫌なお姫さまだと思っているにちがいありません。

苛ら苛らして暮らすうちにその年も終わり、明くれば長徳三年でございます。

久しぶりに宣孝どのから手紙がまいりました。出発のとき使いの者に、

「年が明けたら遭難して来た中国の人たちを見に出かけます」

などと書きつけて持たせたのに、その後、一向に音沙汰がありませんでした。突然の便りには、本人は来ないで、

「春には氷は解けるもの。春が来るのだから、そのようにも、あなたの心もやがて解けるだろうことを、私は教えてあげたいよ。あなたを、きっと靡かせてみせる」と、何だか、自信たっぷりの言葉が書き連ねてあります。

――いったい、わたしを何だと思っているのだろう。

ずいぶん以前、あんなことが一度あったくらいで、こんなふうに思いあがられては堪らない、と香子は身体を震わせます。おぞましい記憶を振り切ろうと返事を認めました。

春なれど　白嶺のみゆき　いやつもり　解くべきほどの　いつとなきかな

〈――春にはなりましたが、こちらの白山の雪はいよいよ積って、いつ解けるのか見当もつきません。わたしの心も同じでございますよ〉

香子にとって、宣孝どのの求婚ほど我慢のならないものはありませんでした。いつでも抜け抜けとしていて、女は、男の力の前には絶対に屈服するものだと思いこんでいらっしゃるようなのでございます。この強引さに対して、香子は厭味を言い、反撥するのが関の山なのです。それが情無いとも思います。いつも、

「わたしは二心ありませんよ、あなた、ひとすじです」

などと、見え透いた、嘘にもならない嘘を述べたてて言い寄って来られるのです。いつだったかも、近江の守源則忠どのの娘に度々通っていらっしゃるという専らの噂の真っ最中に、香子にも求婚の手紙を書いて来られたので、あまりのことにこんなふうに言ってやりました。

みづうみに　友よぶ千鳥　ことならば　八十の湊に　声絶えなせそ

〈――近江の湖に友を求めている千鳥さん、いっそのことなら、湖のあちこちの湊に、みんな声をおかけなさいな〉

しかし宣孝どのは、一向にへこたれません。香子の悪意のある皮肉など、どこ吹く風です。それどころか、香子を手応えのある女だ、というふうに思っていらっしゃる気配さえ感じとれます。

いつでしたか、馬鹿馬鹿しいような手紙がまいりました。自分は恋の奴(やっこ)になって、うろうろしている情無い男なのだ、といった意味の、甘えた奇妙な手紙でございます。

——何よ、これ。

香子は眉をひそめ、早速に歌絵をつけて返事を書くことにしました。歌絵というのは、歌の趣きを絵にするのです。香子は海人(あま)が塩を焼いている姿を描き、その絵の、切って積みあげた薪(まき)の側に歌を書きつけてやりました。

よもの海に　塩焼く海人の　心から　やくとはかかる　なげきをやつむ

〈——あちこちの海辺で塩を焼く海人が、せっせと薪を積むように、方々の女のひとにせっせと言い寄るあなたは、自分から、好きこのんで歎きを重ねていらっしゃるのでしょうかね〉

――何よ。結局、おれは持てるんだ、と言いたいだけなんでしょ。

そんなふうに言ってやったこともございます。ところが宣孝どのは、例の御嶽詣(みたけもうで)のような派手派手しいことをやってのけられる方ですから、恋の駆け引きに関しても、ずいぶん突飛な思いつきをなさいます。手紙の上に朱をぽとぽと振りかけて、「これはあなたを思って泣きあかした私の涙の色です。見て下さい」などと書いて寄越されるのです。

香子は、もう苦笑いするしかありません。子供っぽい、と言うか。見えすいている、と言うか。香子の口調は、ですから、自然に手厳しくなってしまいます。

くれなゐの　涙ぞいとど　うとまるる　うつる心の　色に見ゆれば

〈――あなたの赤い涙だと聞くと、一層疎ましく思われますわ。移ろいやすいあなたの心が、この色ではっきり分かりますもの。くれないというのは変色しやすい色だということを、御存知なかったのですか。折角の趣向、残念でした〉

つれづれに、宣孝どのとの関わりをあれこれ思い出しているうち、香子は一人で笑い出して居りました。京にいるときは、腹が立って、一途にいきり立って居りましたが、いま、この遠い雪国で手紙や歌反古を取り出して、その折り折りを偲びますと、何がなし、懐しいような気持ちにさえなってまいりました。

――どうしたのかしら、わたし……。

香子は自分で自分の変化に驚きました。雪国の侘しさが京恋しさを募らせ、京恋しさが宣孝どのの点数を甘くしている。香子は持ち前の冷静さを取り戻そうとしていました。雪国の侘しさのために宣孝どのの評価を変えてはならない、と自分自身に言いきかせました。隔てて読むと、つまり、時を経たり、京を離れたりしていて読むと、宣孝どのの手紙は懐しく、実があるようにも思われますが、しかし、このようなことどもを書いて寄越される本人は、もとより、ずっと以前から、しっかりした親御のいらっしゃる方々を奥方にして、それぞれお子さまを儲けていらっしゃるのです。

――あえて、方々、と言いたいわ。

香子は唇を噛みしめます。香子が知っている範囲でも、下総守藤原顕猷どの女とのあいだには例の隆光どの、讃岐守平季明どの女とのあいだには頼宣どの、中納言藤原朝成どの女とのあいだには儀明どの、隆佐どの、といったふうでございます。その上、先きに香子が冷やかした近江守の女とも浮名を流され、とにかく、女性関係の多い方でございます。数多い女性関係のなかの一人として、もうかなり年の開きのある新しい妻になることを、香子はどうしても首肯できないのでございます。

言ってみれば、それは香子の誇でございます。誇を守って、香子は越前の田舎で快快として愉しまない日を送って居りました。

一方、宣孝どのは熱心に手紙や京の干菓子などを賜り届けられました。

「実のある方なのですよ」

例によって乳母は、宣孝どのの厚意にそっぽを向く香子をたしなめました。佗しい毎日が続いているので香子とて宣孝どのの温かさは心に滲みます。しかし、敗けてはならない、と突っ張っているのでございます。越前に来ているから、京では執拗いと感じた宣孝どのの求婚が、熱心、というふうに思えて来るのです。無沙汰の言い訳と感じていた手紙や賜りものが、温かい心配りと思えるのです。

——だから、決して誤魔化されてはならない。

「もう、姫さまの強情な。宣孝さまのどこが気に入らないと仰言りたいのだろう」

時折、ひとり言めかしてぶつくさ呟く乳母に、香子は、香子で、乳母には分からない言い訳を、これまたひとり言で胸のなかで呟いているのです。

——わたしは生活のためや、世間体から男の世話になんかなりたくない。生活のために男と契るというのであれば、遊女と変わりない。わたしが待っているのは、本当に心と心とが通いあう恋なのよ。

けれども、待っていても、そのような恋がどこからやって来るか、見当もつきません。まして越前で空しく日を送っている香子にとって、恋など、物語のなかにしかないのでございます。

――そう、物語のなか……。

香子は目を閉じました。他人の書いた物語のなかに恋の夢を見るよりも、いっそ、自分が恋の物語を書いて、そのなかに生きるということ……。

突然閃(ひら)めいたその考えに、香子の胸は高鳴りました。物語を書きたい、と漠然とは考えて居りました。数ある空物語(そらものがたり)ではなく、『かげろふの日記』のような、実際の生活感覚のある物語――とそこまでは考えて居りました。しかし自分の恋を物語のなかで生きる、というふうには思いを致して居りませんでした。

香子の好きな恋の形は、あの「きみや来し……」の歌のような雰囲気ですが、その昔の宣孝どのとの嫌な思い出がつきまといます。

――嫌な思い出も物語に組み入れてしまえばいいかもしれない。それから、「筒井(つつい)筒(づつ)」の恋……。

香子は苦笑しました。物語のなかに恋を求めるとき、いつも「伊勢――」を捜しています。

『伊勢物語』の作者在原業平(ありわらのなりひら)は、当代随一のいい男であったと伝えられています。『伊勢物語』は虚実つきまぜたお話なので、読者は、物語の登場人物に、自由に業平を重ねて読みます。それが『伊勢物語』の強味かもしれません。

——業平のような男を登場人物にしよう。それから、藤原高子との恋……。

香子は、身体中が熱くなって来ました。目の前に仄暗い空間が、ふうわりと開けるのが感じられました。

二条后高子は清和天皇の女御でございますが、入内直前の十八歳の春、業平との情事を惹き起こしました。情事は直ちに発覚し、二人の仲は有無を言わさず引き裂かれたことは申すまでもありません。業平と高子が高子の入内決定の以前からのつきあいであったのか、それとも入内と決まって突然男が燃えあがったのか、物語をつくる上ではこれが大きな違いとなります。事実はどうあれ、物語なら、入内の決まった女に迫る方が男としては好きごころがそそられるものであるかもしれません。

——手すさびに、まず、短い、春の朧月夜の物語にでも仕立ててみようかしら。

香子は筆を執りました。父君に戴いた越前紙は、まだそのまま置いてあります。

——男が、そう、酒に酔って、ほろ酔い機嫌の方がいいかもしれない、ぶらぶら歩いている。春のなまあたたかい夜が、男の心と身体にぼうっと火を灯す。すると、これもやはり春の夜の艶めかしい気分に酔ったのか若い女が縁先に出て来る。美しい声で朗誦している。

照りもせず　曇りもはてぬ　春の夜の　朧月夜に　似るものぞなき

歌は、歌はこの歌がいい。

香子は、いそいで書き始めました。物語はまだうまく発酵しないけれども、この歌を使う場面を設定すれば素晴らしいと思えました。ただ、恋の発生する場所でございます。宮中であれば、もっとも華やかで読む人も愉しむことができましょうが、それでなければ、せめて京の摂関家のお邸内、くらいのところが望ましいのでございます。

——武生では駄目だわ。想がまとまらない。やはり京の邸で京の月を眺め、京の花を賞でなければ。ただでさえ田舎暮らしが嫌になっていた上へ、今度は物語を書くための場所として、ここがふさわしくないように思えて来ました。苛ら苛らしながら、また何か月かの月日が流れました。越前では二度目の冬の訪れで、べた雪が降りはじめました。

——もう、我慢ならない。

「わたし、春になって雪が解け始めたら、京へ帰るわ」

「えっ」

乳母がびっくりした顔をあげました。国司の任期は半ばにも達して居りません。香子にしてみれば、到着した日のあの陰口を聞いてしまって以来、ずっと心のなかの蟠(わだかま)りをなだめながら我慢して来、物語を書きたい思いにそれが重なって、何度も何度も考え直した結果なのですが、乳母にとっては何とも不意な申し出であったにちがいありません。

「お父君は……」

と言ったきり絶句してしまいました。

「父君には、まだ申しあげていないの。でもお許し下さると思うわ」

「はあ、それは、まあ、はあ……」

乳母は狼狽(ろうばい)して、何やら訳の分からぬ言葉を呟いていましたが、突然、膝を打ちました。

「分かりました、お姫さま。それはそうでございましょうとも」

「………」

「お父君は、きっとお許しになりますわ。おめでたいことでございますもの」

乳母は急に浮き浮きし始め、一人合点で部屋を出て行きました。一瞬、香子は何のことか分からなかったのですが、直ぐに諒解いたしました。乳母は香子が宣孝どのとの結婚を決意して京に帰るのだと誤解しているのでございます。

無理もないことでございます。物語を書くために京へ帰る、などと言っても、誰が信じましょう。宣孝どのにしたところで、香子が突然京に帰って来たりしたら、それこそ、自分との結婚のせいだと思いこまれるにちがいありません。

――それでもいい。

香子は、何故か、とてもふてぶてしい気持ちになってまいりました。「香子、あの強情女も、とうとう靡(なび)いたか」と宣孝どのがそれで得意になって結婚の準備を進められても、少しも構いはしないとさえ、思えてまいりました。

「どうした。乳母が言っていたが、心変わりか」

為時どのは、気遣わしそうに眉をひそめられました。

「はい、心変わりでございます」

香子は、にこにこしていました。

「お前がそれでいいのなら、いいけれど」

為時どのは口ごもられました。香子は、何故か、この父君にひどく悪いことをしているように思えて来ました。しかし、どういう言葉で自分の現在の心境を父君に伝えればよいか、それが分かりません。

「父君、わたしは、日々の実際の生活のことなど、もう、どうでもよくなったのでございます。物語を書きたいと思います。そのために京の四季折々に暮らさねばなりません」

「……………」

「京へ帰って、宣孝どのと結婚する羽目になっても、それはそれで仕方のないことだと思います」

「……………」

「京へ帰れば、きっと押し切られてしまいますわ。逆らうよりは押し切られる方が楽なので、そう致します」

「しかし、何も嫌な男と……」

「御心配にならないでください。香子は大丈夫です。物語を書くという大きな目的を持って帰るのですから」

　すると、為時どのは不意に目にいっぱいの涙を溜められ、そっと横を向かれました。香子には、父君が何故泣かれるのか、その理由が分かりません。ただ、香子自身、父君に対して、手ひどいことをしてしまった、と、それは言えます。香子の越前同行の強い希望のために、父君は御自身の生活設計を崩されたのです。父君が、香子一人が暮らせるくらいの財産は残してあげるよ、と言ってくださったのは、ついこのあいだのことでございます。その父君の気持ちをまた踏みにじって、今度は、宣孝どのと結婚してもいいから京へ帰る、などと言い出す……。

「わたしが、我儘なのです。でも、自分でもどうしていいか、分からないのです」

するど為時どのは、ゆっくりと首を振られました。

「香子、お前のなかには、お前自身も気づいていない大きな才能が眠っているのかもしれない。それを大事にしなければ」

「………」

「物語を書くために京に帰る。すばらしいことだよ。それに比べれば、他のことは、香子の言う通り、つまらないことかもしれない」

「父君――」

香子は、突然、泣きたいような気持ちになってまいりました。誰に言っても、おそらく通じないであろう香子の奇妙な心の構造を、父君だけが理解してくださったと思うと、忝なくて、思わずその場に両手を支えました。

さて、春には出立すると決めたせいか、香子はその年の冬を滅入っている暇もなく、忙しく過ごしました。越前にいるあいだに、と散らし書きした見聞や、物語の端々の思いつきを、整理するうち、雪解けが始まりました。雪解けと同時に、途絶えていた京との音信も復調し、香子に、これから帰って行く京の有様が伝えられてまいります。為時どのの越前守赴任が決まった同じ頃、京を追われた中宮定子さまの御兄弟、伊周さま、隆家さまが相次いで召還されたということでございます。

伊周さま、隆家さま御兄弟の父君は故道隆さまでございます。道長さまは、道隆さまの弟君。もちろん道隆さま亡きあとは一の人になることを望んでおいででしたでしょうが、それには故兄君の二人の御子息が邪魔になります。かねがね、機会があれば失脚に追いこもうと念じて居られたにちがいありません。その道長さまの周到に張りめぐらした罠に、伊周さま、隆家さまはまんまとはまってしまいになりました。

お二人とも、思慮が足りなかったことはあります。花山院さまが法体の御身でありながら、さる女性の許にお通いになると聞きつけ、この女性に伊周さまが思いをかけていらしたので、少し脅しましょう、と隆家さまが待ち伏せして矢を射かけられました。確かに法体の御身で、どうかと思われますが、何といっても先皇でいらっしゃいます。お二人にお咎めがあっても仕方のないことでございます。さらに大元帥法といって、臣下の行ってはいけない修法をしたとか、道長さまの後楯である東三条院さまを呪詛なさったとか、色々あって、京を追われていらっしゃったのですが、それが許された、ということでございます。

「道長さまにとって、伊周さまや隆家さまはもう政敵ですらなくなったのだろうかねえ」

政争に疎い為時どのにも、その潮流は分かるのか、何やら感慨深げでございました。道長さまの恩顧を蒙っている為時どのにとっては、こうした動きは好都合なのでしょうが、それにしても、御女定子さまを帝の中宮として入内させ、御自身は摂政関白の位を極め、一門隆盛の氏長者でいらした道隆さまがお亡くなりになったのは、つい二年ばかり前のことでございます。

それからの宮中の激変は、国司の身分の為時どのの邸にも、びんびんと伝わってまいりました。特に女の身として、香子は、御懐妊中の定子さまが、伊周さま、隆家さま御兄弟の責めを負って剃髪なさった、という噂を痛ましく聞きました。その後、定子さまはどうなさったのか、尼の身で御子さまをお産みになったのだろうか、と男たちの政権争いもさることながら、女のあわれも気になる香子でございました。

定子さまは香子たちが越前へ出発して間もなくの頃、皇女をお産みになり、翌三年、帝が度々、内裏に戻るように催促なさったので、内親王さまを伴って入内、帝は定子さまを御寵愛なさって再び御懐妊の御様子とか。けれども、このような定子さまと帝の御関係も、道長さまの御女、彰子さまの着裳の儀があって入内なさるようになれば、どんなふうに変わるか知れたものではない、と京からの使者は息もつかずに喋っています。

香子は耳をそばだてて、これらの話を聞いて居りました。単なる好奇心からではなく、物語の素材や骨組を、こうした人びとの動きから摑まねばならないと思って居りました。あの使者が噂話をする興奮した様子は、宮廷の現在の有様に対する下々の者の関心の強さなので、物語は是非とも、この上流階級、権力の座にある人たちの噂話を下敷きにしなければならない、とも考えて居りました。

香子が越前から東京極大路(ひがしきょうごくおおじ)の邸(やしき)に帰ったのは、長徳四年の春も終わり、京は若葉の季節でございました。早速に留守の召使いに指示を与え、香子はまず自分の居間を整えました。長いあいだ閉ざしていた蔀(しとみ)を上げますと、黴臭かった屋敷うちに爽やかな風が吹き通りました。

「姫さま、姫さま」

乳母が叫びながら廊下を走ってまいります。

——あの様子では……。

予感の通りでございました。乳母が両手に籠を捧げ持って、後ろの侍女は文箱(ふばこ)を目の高さにあげて居ります。

「宣孝さまからでございますよ」

「………」

「お帰りの日を御承知だったのでございますね」

香子は黙っていました。覚悟していたことですが、それがこんなに早く形を取るとは思わなかったので、当惑気味でいますと、乳母は早くも感動で声を震わせ、

「まあ、こんな貴重なものを――」

と涙ぐまんばかりでございます。籠のなかには大粒の枇杷が並べられ、赤味がかった黄の柔毛の実が夏の到来を思わせました。

「早摘みですが、淡路からの到来物でございます。旅のお疲れを癒されますよう」

能筆の走り書きで、これは宣孝どのの手ではありません。誰か、余程しっかりした家司がいるにちがいありません。文箱の方は宣孝どのの筆蹟で、例によって、ひらひらと葦が風に揺れているような心許ない運筆でございます。

け近くて　誰も心は見えにけむ　ことは距てぬ契りともがな

〈――こうしてお近づきになって、私の心は分かってくださったでしょうから、これから先は距てなく話しあえるような、そんな関係になりたいものでございます〉

――わたしが帰って来たものだから、すっかり、そのつもりになっている。

「あまり冷たくなさいませんようにね」

乳母が気を揉むのを尻目に、香子は筆を執りました。

へだてじと　習ひしほどに夏衣　薄き心を　まづ知られぬる

〈――わたしがあなたを疎んじたことはございませんが、あなたの方の夏衣のように薄い、薄情なお気持ちの方が先に分かってしまいましたわ〉

――過去にそれぞれ関係をお持ちになった方々のことはともかく、わたしに文をお遣わしになりながら近江の方にも秋波を送られるのはいったいどういうことなのでございますか。

香子としては、そう言ってやりたかったのでございます。乳母は心配そうにしていましたが、宣孝どのからは、予想していた通り、更にお返しがまいりました。

峯寒み岩間氷れる谷水のゆく末しもぞ深くなるらむ

〈――山の峯が寒いので岩間の水はまだ氷っているでしょうが、そのうち、解けてまいります。私とあなたの仲の行く末も、そのうち深くなるにきまっています〉

――何と、自信たっぷりな。

しかし、宣孝どのは、そのように自信たっぷりに振る舞うことが頼もしい男なのだというふうに思いこんで、自分を、その頼もしい男の型に当てはめて、恰好をつけていらっしゃる気配、無きにしもあらずでございます。

宣孝どのから再度の返歌があったことで、乳母はすっかり安心したと見え、

「近いうちにお見えになりますよ」

と留守中に荒れている庭や部屋の掃除を急がせて居りました。香子はと言えば、乳母がそのようにして立ち働くさまを見ても、それをごく当然のこととして受けとめている自分が、いっそ奇妙でございました。

はかったように、宣孝どのは三日後の夜にお見えになりました。もう何年も馴れ親しんだ女の寝所に通るように、ずかずかとお越しになりました。それを、とやかく言うつもりはありません。こちらも三十に近い、後妻口（ごさいぐち）の女でございます。落ち着いてお迎えし、落ち着いて契りを結びました。思えば十年近く前、宣孝どのに、強引に関係を持たされて以来のことでございます。

「ずいぶん長かったよ」

終わってから、宣孝どのは大きな溜息をつかれました。

「あなたは、本当に手強い女だった」

香子は黙って返事をしませんでした。宣孝どのの声音には征服の快感が滲んで居りました。こうして立て続けに何回かお通いになるうち、八月、宣孝どのは山城守に任ぜられました。

「山城国は京に近いから、始終帰って来られるからね、秋になると正式に結婚ということにしよう」

宣孝どのは誠意を見せるつもりでそう仰言っているのでしょうが、香子は相変わらず無言でした。宣孝どのの最初の奥方、つまり隆光どのの母君が先だって亡くなられたので、だからお前を正妻の座に据えてやろうという意志表示でしょうが、香子は別に有難くお受けする気持ちはありません。成り行きに委せようと、黙っているのです。

八月二十日、宣孝どのが山城に出発する予定の数日前、暴風のため、宮中の役所が倒れる騒ぎがありました。宣孝どのはその後始末に駈り出され、ために出発が少し遅れました。

「赤疱瘡が大流行だ。道長さまはじめ、重だった方々が皆病気なので、取り片付けに手間どること、手間どること。帝も女院も臥って居られるので、内裏は人影がなくて幽霊屋敷みたいだよ」

と例によって大袈裟な物言いで、しかし溌溂として帰って行かれました。こういう際に重要な働きをすることが、得意なのかもしれません。

赤疱瘡のために、多くの方々が亡くなられました。香子がもっとも敬愛していた伯父君の為頼さまも亡くなられましたが、最近宣孝どのが通いつめていることを御存知で、もしや懐妊のことでもあるとお腹の子に差し障るから見舞いに来ないよう注意を受けて居りました。お亡くなりになったときも、家中に病人が多く、ひっそりしたお葬式であったようでございます。

「宣孝どののような方には、病気の方が嫌がって寄り付かないのね」

香子は憎まれ口を叩いて居りました。故伯父君の推察なさった通り、ここ二月ばかり月の障（さわ）りもなく懐妊の萌（きざ）しのようで、宣孝どのの子を宿してしまったことが、何となく忌々（いまいま）しい香子なのでございます。

秋の終わり近く、山城から戻られた宣孝どのは、香子が身ごもったかもしれない、と報告するのを聞き、何故か、そわそわ落ち着かない様子でございました。もう何人もの子持ちの方でございます。今更、珍しくもないのでしょう、少し迷惑げな顔つきで、食事も摂らずに帰ってしまわれました。名うての好き者でございます。また新しい通いどころでも見つけたのかと放っておきましたら、香子が宣孝どのへ送った手紙や歌を他の人たちに見せ廻っている、という噂が聞こえてまいりました。

「何てことを」

香子は逆上いたしました。

「男まさりの学者の姫さまから恋文を貰ったことが嬉しくて、あちらこちらに御自慢なさりたいのでございましょう」

乳母は、のんびり笑っていますが、香子は許しがたいのです。

「だって、これは密事よ、閨のなかと同じよ。そんな恥知らずな」

いきり立って、

「私の出した手紙を全部返して下さらなければ、おつきあいしません」

とこれは手紙に書かずに口上で伝えたら、向こうからも、

「手紙をみんな返せというのこそ絶交じゃないか」

とひどく恨んでまいりした。

年甲斐もなく、何だか、子供っぽい喧嘩になりそうだったので、香子は少しばかり恥ずかしくなり、宣孝どのをなだめる歌を贈りました。

閉ぢたりし　上の薄氷　解けながら　さは絶えねとや　山の下水

〈――氷に閉ざされていた谷川の水が春になって解けるように、折角、うち解けた間柄になりましたのに、こんなことではまた仲が絶えてしまいます。そ

れとも、あなたは、これっきり切れてしまった方がいいとお考えなのですか〉

すると、宣孝どのは、もう暗くなっているのに、返事を寄越されました。

東風(こちかぜ)に　解くるばかりを　底見ゆる　石間(いしま)の水は　絶えば絶えなむ

〈――春の東風によって氷が解けたばかりのお前との仲なのに。底の見える石間の流れのようにそんな浅い心なら、この仲は切れるなら切れてもいいんだ〉

「いまは物も言いたくない」

と大変なむくれよう。でも、ぷんぷん怒りながら夜になっているのに使いを出すところがおかしくて、香子は奇妙な心の余裕を覚えました。二十歳近くも年の違う宣孝どのの駄々っ子ぶりを見たように思い、揶揄(からか)ってあげようとこちらも急いで認(したた)めました。

言ひ絶えば　さこそは絶えめ　なにかその　みはらの池を　つつみしもせむ

〈――もう手紙も出さないと仰言るなら、それでようございますよ。みはらの池のつつみじゃないけど、腹立ちを慎(つつ)しんだりはいたしませんわよ〉

使いは再び駈け出しました。夫婦喧嘩の遣り取りに堪ったものではないと思っているでしょう、あちらでも、どうぞよい下されものを貰ってくださいね、と香子は布帛(ふはく)などを与えて帰したのでございますが、夜なか近くになってまた舞い戻ってまいりました。宣孝どのの歌を持って居ります。

たけからぬ　人かずなみは　わきかへり　みはらの池に　立てどかひなし

〈――強くもなく、優れているわけでもなく、人並の数に入らない私だが、腹のなかは煮えくり返っている。だけどお前には勝てない。喧嘩、やめようよ〉

正月早々の喧嘩でございましたが、よく考えてみると、宣孝どのは遂に謝った、降参とは仰言いましたが、見せ廻られた香子の手紙や歌の件は有耶無耶(うやむや)で、どうなったことやら。結局、老獪(ろうかい)なのは宣孝どのでございました。

その頃、香子の身体は人目にもはっきり懐妊と分かり、乳母は、いそいそと出産の準備に取りかかって居りました。

「四月でございますよ」

長年の経験から、そう申します。

産み月をあとひと月ばかりに控えた三月三日、上巳(じょうし)の節句に、香子を労(いたわ)って宣孝どのは桜の枝を持っていらっしゃいました。例の如く、突飛な思いつきをなさる方ですから、

「今年は暖い春なんだねえ、ここへ来る道にもう桜が咲いていたよ。桃の節句に、桜の花だ」

と陽気に笑いながら入って来られました。

瓶(かめ)にはもちろん、たっぷりと鮮かな色の桃の花を活けていた香子でございます。その桃の瓶の横へ、宣孝どの御持参の桜を活けた瓶を置いたのですが、侍女が花を瓶に立てるか立てないかのうちに、はらはらと散ってしまいました。

「おやおや、ここの邸へ持って来たとたんに散ってしまったよ」

宣孝どのは苦笑いなさいました。香子には宣孝どのが何を仰言りたいのか、すぐに察しがつきました。昨年、隆光どのの母君、つまり、正室にあたられる方が亡くなられてからというもの、宣孝どのは一緒に暮らす北の方を求めて居られるのでございます。右衛門府の権佐(ごんのすけ)と山城守の兼任で何かと生活の規模が拡大し、それを内にあって

取りしきる女性を必要として居られるのでございます。

「桜が散ってしまったよ」

とは、

「奥が死んでしまったのだよ」

という意味あいなのでしょう。

分かっていて、香子は硯（すずり）を引き寄せました。

　折りて見ば　近まさりせよ　桃の花　思ひぐまなき　桜をしまじ

〈――折って近くで見たら、妻となさってみたら、見まさりするものであってほしいものだわ、この桃の花のように、わたくしも。折角、わたしが瓶にさしたのに散ってしまった桜の花に比べてもね。わたし、この花に、未練はないわ。あなたはどうなの〉

「相変わらず、鼻っ柱の強い歌だね」

宣孝どのは笑いながら、香子の硯を今度は自分の方に引き寄せて認（したた）められました。

ももといふ　名もあるものを　時の間に　散る桜には　思ひおとさじ

〈――桃には、百（もも）、百年という名が付いているのだもの。すぐに散ってしまう桜より見劣りするものだと思ったりはしていないよ〉

宣孝どのの歌は優しくて、しかし、それ以上、同居の話は持ち出されませんでした。お産のこともあるし、また後程、と思われたにちがいありません。

乳母の推測は誤たず、この年、長保元年四月半ば、香子は女児を生みました。女児のことは母親の自由に委されて居りますので、かねて越前の為時どのから戴いていた通り賢子（かたいこ）と名付けました。女の子でも、というか、むしろ女の子であればこそ、賢く育ってほしいという香子の希望を入れてくださっての為時どのの命名でございました。

宣孝どののところへも知らせが行きましたが、

「そうか、女児だったのか」

と仰言ったきり、見舞いにも来てくださいません。宣孝どのは香子とのあいだに、男児が生まれることを期待していらっしゃったのでございましょうか。

「忙しいのでね、なかなか赤児の顔を見に行くこともできないよ」

と、いつも口頭の使者でございます。もっとも宣孝どのの多忙は事実でもあります。

六月十四日夜、また内裏が火災のために焼失いたしました。最近、頻繁に内裏に火災が生じるのは怨霊のせいだと、さまざまな祈禱が随所で随時に行われているらしゅうございますが、香子は、藤原一門が権力をほしいままにしていることへの、不満が時折爆発するのであろうと考えて居ります。六月十四日の火は、衛門府のすぐ前でにわかに風向きを変えて消えたと申しますが、宣孝どのが大変であったろうことは察しがつきます。

加えて八月中旬には、大和国から朝廷に納める早米の使者が賊たちのために殺され、米が奪われたのですが、その賊たちの首領が宣孝どのの所領の者であったところから、お咎めはなかったものの、宣孝どのは大分困り抜いていらっしゃる様子に見受けられました。しかし、逆に、その憂さを心置きない者に話してすっきりしたいと思われたのか、赤児を見がてらに訪ねておいでになりました。

「赤ん坊はいいなあ。何の苦労もなくて」

と指で赤児の両の頰をちょん、ちょん、と突っついただけで、あとは愚痴話でございました。

宣孝どのは能吏と言われている割には失敗が多く、十年以上前にも、和泉国の丹生社に祈雨使として派遣されたのですが、土地の人に乱暴され辱しめを受けられ、ために官を追われるという憂き目にあって居られます。その少し前頃には、賀茂の祭の際、蔵人の役である駒引きを忘れて譴責されたりしていらっしゃいます。いずれもお酒を飲み過ぎての醜態と香子は睨んで居りますが、遣り手である反面、こうした失態も繰り返すという、まとまりのつかない性格らしゅうございます。

こうした宣孝どのの一番の特技は、舞いの上手でございます。賀茂祭には、しばしば舞人に選ばれていらっしゃいますし、今年は神楽人長を勤めて、その舞いぶりは大変な評判でございました。それが十一月十一日のことで、それから数日後には、豊前国宇佐神宮に奉幣使として出発なさることになりました。

宇佐奉幣使の派遣は三年に一度のことでございますが、本年は特に天変怪異、疫病の流行など人びとの苦しみが極まっているので、十七日の出発には道長さま自ら、いろいろと宣孝どのに指示なさったようでございます。もちろん勅使でございますから、帝に拝謁、禄を賜って拝舞、出発なさったと宣孝どのの召使いが、我がことのように自慢して喋るのを、香子の邸では乳母はじめ一同が感じ入って聞いて居ります。

「御立派な男君をお持ちになって、香子さまはお幸せでございますよ」

と涙ぐむ始末です。

香子は賢子を膝に、複雑な思いでございます。幼いときから、ずうっと父君と同居して育てられた香子には父君の思い出が学問の雰囲気と共に、しっとりと身体中に滲みこんでいる状態でございますが、賢子はどうなることやら。何とも慌しい父君であるのです。

同じ頃、道長さま御女、彰子さまが十二歳になり、着裳の儀を執行なさって、これを機会に入内なさいました。

「さあ内裏は大変ですわよ」

宮廷とは殆ど縁のないはずの、香子の邸うちの侍女たちまでが騒いで居ります。剃髪なさったのを、引き戻してまでも御寵愛の定子さまがいらっしゃるところへ、道長さまの強力な後押しで彰子さまが乗りこまれたのでございます。しかも彰子さまの入られた飛香舎、藤壺を、道長さまはその権力と財力に飽かせて、豪華絢爛という言葉を絵に描いたように整えられたと承ります。お祝いの屏風には、花山院さまはじめ、当代最高の学識をお持ちと評判の藤原公任さままでが献上の歌をお寄せになったとか。几帳や、屏風の縁の木の部分まで蒔絵や螺鈿の細工を施され、側にお仕えする女房たちの衣裳の華やかさは言うに及ばず、彰子さまが、ほんのちょっとお召しになる普段着にまで、大変な心配りがしてあって、洗練された色合いの御召物を著けて、えも言われぬ薫りに包まれていらっしゃるので、十二歳の姫君が傍た目にはひどく大人びて見えるそうでございます。

「でも、帝はどう思っていらっしゃるのだろう。定子さまに、親王さまがお生まれになったのでしょう」

「親王さま、って、第一皇子でいらっしゃるのでしょう」

「そう。何でも彰子さま御入内の日か、その直後か、と聞いたわ。皮肉な話ね」

「殿上人たちは、みんな彰子さま入内のお祝いに駈けつけて、親王さま御誕生をお祝いした人は、ほとんど居なかったそうよ」

「わたしは、両方に、掛け持ちお祝いに走り廻った方もあると聞いたわ」

侍女たちが笑い転げて打ち興じている噂話は、香子の胸に侘しい思いをかきたてました。

──権力を得ようと焦る人、その権力に繋がろうと焦る人。権力を失うまいとあがく人、あがく人から逃げようと隙を窺っている人。百鬼夜行だわ。京の町なかが強盗や追いはぎで溢れていると聞くけれど、飾り立てた内裏の方が、よほど荒廃している。

「ただ、道長さまが、いまのところ藤壺をどのように飾りたてても、及ばないことが一つある」

彼女たちの話はまだ続いています。

「及ばないこと？」

何だろうと、香子も耳を傾ける気になりました。

「それは、定子さまにお仕えする女房たちが誰も彼も選りすぐりの才色兼備の方々なのでその後宮がほんとに愉しいらしいのよ」

「聞いたわ、例の『枕草子』の清少納言がいるからでしょう」

――『枕草子』……。

香子は胸がはっと高鳴るように思えましたが、御簾うちに凝っとしていました。

「道長さまは、藤壺を調度品の華やかさだけでなく、女房たちの華やかさでも飾りたてたいらしくて、いま、あちこちで伝手を求めていらっしゃるそうよ」

「そのうち、こちらのお邸にもお声がかかるかもしれない」

「ああ、そうだわ。香子さまの漢籍の素養の話は、宮中にもそろそろ聞こえているのではなくて」

「わたしはね、香子さまの方が、清少納言より、上と思うわ」

「もう、そんなくだらないこと言ってないで」

香子は御簾のなかから、思わず声をかけました。

「それより、その『枕草子』とかを読んでみたいわ」

「あちこちで写本して廻し読みしていると伺いましたから」

なかの一人が自信ありげに申します。

「近いうちに手に入れてまいりましょう」

香子は、むずかり出した賢子をあやしながら、自分自身にも得体の知れない鬱屈した思いのなかに沈んで居りました。

明けて長保二年二月、宣孝どのが西国より戻られ、土産物として立派な馬を道長公に献上なさった話は伝わって来ましたが、話だけで本人はお見えになりません。賢子も愛敬よく笑うようになり、父君にあたる人にお見せしたいと、香子も人並みの気持ちを抱くのですが、一度だけ、慌しく帰京の挨拶に訪れられました。

「賢子は眠って居りますが」

お会いになりますか、という意味をこめて言ったのですが、

「それならいい、いい、起こすのは可哀そうだ」

そそくさと帰ってしまわれました。何だか、これ幸いという雰囲気で、香子はひどく侘しい気持ちになりました。

この侘しい気持ちは、香子にとって不思議な体験でございました。もともと、宣孝どのに恋こがれて結婚したわけではありません。寄りつかなくなればそれはそれでいいではないかと割り切るはずだったのに、奇妙に腹が立つのです。賢子のことを考えるからかもしれませんが、なまなか、男との夜を重ねてしまったから、男がやって来ない淋しさに堪え難いのかと思うと、宣孝どのを受け入れてしまったこと自体が口惜しいのでございます。

賢子は日ましに愛らしく成長していきました。六月、手入れをしなくなった庭に、

撫子の可憐な花が雑草に混じって、ちらほら開き始めました。夏の訪れでございます。

垣ほ荒れ　さびしさまさる　とこなつに　露おきそはむ　秋までは見じ

〈――垣根も手入れするものが居なくて荒れて、さびしさも一層募るこの頃、とこなつという異名を持つ撫子の花が咲いているのを見ますと、我が家の撫子、幼いこの娘にも、秋にはさらに涙をそそる露がおくだろうけれど、さて、わたしの方が、その秋まで生きているかしら〉

読み直して、すぐに香子はそれを文机の奥にしまいこみました。子供に言いまぎらせてはいますが、結局は夜離れをかこつ歌になってしまったのが、情無く、恥ずかしかったのでございます。

七月になりました。七月といえば、暑うはございますが、暦の上では秋でございます。最近は、賢子もいくらか手が掛からなくなったので、香子は、いよいよ念願の「物語」を書くことを始めました。全体の構想はまだ立って居りませんが、下書きの意味で、部分部分の物語をつくって行こうと書き出しました。書き始めて、思わず夜を徹してしまい、明けがたのひいやりとした風に秋を感じていましたら、枝折戸を押して入って来た使いの者が、宣孝どのの歌を持参しています。

うちしのび　嘆きあかせば　しののめの　ほがらかにだに　夢を見ぬかな

〈――溜息をつき通しで夜を明かしたもので、夜明けに懐しいあなたの夢を見ることができなかったよ〉

――御無沙汰の言いわけをなさっているのね。

しかし、お返事を出さないのも悪いので、使者を待たせて認めました。

しののめの　空霧りわたり　いつしかと　秋のけしきに　世はなりにけり

〈――夜明けの空にはいちめんに霧が立ちこめ、世のなかは早くも秋の景色となったようでございますが、わたしたちの仲はいかがでしょう。もう飽きが来ましたか〉

――もう少し嫉妬をあらわし、かき口説くようにした方がよかったかしら。

しかし、香子の性格として、そんなふうに感情的な歌は詠めませんし、また、事実、そんなふうな気持ちも湧いて来ないのです。こうした香子の態度を、どう解釈なさったのか、続いて宣孝どのから、また歌がまいりました。

風流の心あるひとは、季節の折々、何かの行事につけて、歌を詠みあうものでございますが、それを意識してか、七日の七夕の前夜に宣孝どのの歌は届けられたのです。

おほかたを　思へばゆゆし　天の川　今日の逢ふ瀬は　うらやまれけり

〈――一年中の行事をいろいろ考えると、一年に一度しか逢えない七夕の男女
の運命は何とも忌わしく可哀そうなものだけれど、お前に逢えない今日は、
七夕の逢う瀬までがうらやましいよ〉

――何という仰言りよう。

香子は首を竦めました。気の利いた歌に仕立てたつもりでいらっしゃるだろうけれど、つまるところは宣孝どののいつもの言いわけ、公私多忙を理由に、一度契ってしまった女の許へ、まめやかに尽すという気持ちが無いだけのことでございます。香子はしばらく考え、しかしここは恨みごとなど並べないで、落ち着き払った返しを出し

ました。

天の川　逢ふ瀬を雲の　よそに見て　絶えぬちぎりし　世々にあせずは

〈――そうでございますね。天の川の逢う瀬を雲の向こうの他事と眺めて、今夜逢えなくても、わたしたちの契りそのものが末長く変わらなければ、それでよろしいのでございますよ〉

逢わないで、こうした歌の遣りとりをしているうち、使いの者の口から、香子が「物語」を書いているらしいことが宣孝どのに洩れたと見えます。昼間、走り書きを持って使いがやって来て、丁度お前さんの門の前を通りかかったので、

「どうして暮らしているのか、ちょっと寄って見たいのだが」

と言って来たので、早速に断りの返事を出しました。

なほざりの　たよりに訪はむ　人ごとに　うちとけてしも　見えじとぞ思ふ

〈――いい加減な通りすがりの訪れなどをなさるような方の言葉には、心を許

してお目にかかるようなことはするまいと思っているのですが〉

もちろん、宣孝どのは煮ても焼いても食えない嫌な女、と思われたにちがいありません。その頃から、急速に足が遠のき始められました。それでも、時折は無沙汰を詫びる伝言はなさいます。その伝言が、きまって別の女の方のところへ行く日に送られて来るのもおかしなものです。良心が咎(とが)めるのでしょうか、そんなところにも宣孝どのの性格が出ているので、返事をいたしました。

入るかたは　さやかなりける　月影を　うはのそらにも　待ちし宵かな

〈——入る方角のはっきり分かっている月の姿とそっくりのあなた、これからいらっしゃる女の方の家もはっきり分かっているのに、そのあなたを、昨夜は上の空の思いで待っていたのですから、わたしも馬鹿ですわねえ〉

すると、そういう香子の言いぐさに、また心証を害されたのでしょう、宣孝どのからは自分がお前さんのところへ行かないのは、お前さんのせいだ、みたいな返歌がまいりました。

さして行く　山の端もみな　かき曇り　心の空に　消えし月影

〈――月の目ざして行く山の端も、あたりの空もみんな、うっとうしく曇っているので、心も上の空になり、そのせいで、月は消えてしまったのだよ。だってそうじゃないか、お前のところへ行こうとしても御機嫌が悪くて寄りつけないよ〉

――男の身勝手。

香子は呟いて、宣孝どのの返事を棚のなかに蔵いこみました。男がやって来ないから女は不機嫌になるのですが、男は女が不機嫌だから気ぶっせくて訪ねて行けないと言う。このような関係を、いつか、どこかで読んでいます。

――どこで読んだのだろう。ああ、『かげろふの日記』。

香子は思い出します。あの道綱さまの母君は、夫の兼家さまが訪れていらっしゃる度に不満を述べたてられて、ために兼家さまとの間が一層疎遠になったことを書き留めていらっしゃいました。まさにその通り、と香子は思うのです。こんなふうにこじれた関係は、もう決して修復がきかないのです。男の方は女が自分を咎めたてるからだと言いますが、いじらしく下手に出ても同じことです。

香子は、兼家夫人と自分は少しちがっている、と思います。『かげろふの日記』を読むかぎり、兼家夫人は正直な方で自己演出ができない。しかし、「物語」を書こうとしている香子には、それができます。

——一度、いじらしい女になってやろうかしら。

おほかたの　秋のあはれを　思ひやれ　月に心は　あくがれぬとも

〈——あなたに飽きられた、この秋の終わりのわたしの悲しみを思いやって下さいな。たとえ、今夜の月のように美しい方にあなたの心が奪われているとしても〉

けれども、もちろん効果はないのです。香子が宣孝どのを受け入れまいと抵抗していたから宣孝どのは支配欲に駈られて熱心に言い寄って来られたのです。男というものは、女をいったん、自分の手に入れてしまえば、もう魅力を感じなくなるのでしょう。ところが、女の情はそれから先に深まる、それを捉えて「物語」を構成しなければならない、と気持ちは、最近はともすればそちらの方に傾いて行く香子でございます。

宣孝どのとの関係は、日を追うごとにぎくしゃくしてまいりましたが、香子にとっては別の嬉しい日が近付いて来ました。明けて長保三年、春には為時どのが任期を終えて越前からお帰りになるのでございます。

久し振りに東京極の為時どのの邸は活気を呈してまいりました。第一、乳母が元気になりました。自分が力を入れていた宣孝どのと香子との結婚が、誰の目にも破綻と見えるのですっかり悄気きっていたこの乳母は、主人の帰京の準備を整えるために、新しく勇み立ったのでございます。

「さあ、賢子さま。おじじさまがお帰りでございます。いい子でお迎えいたしましょうね。きっとお土産がありますよ」

「さあ、賢子さま、ここがおじじさまのお部屋でございます。おじじさまのお好きな桃の花を活けましょうね」

何かにつけて賢子を連れ廻り、年甲斐もなくはしゃいで居ります。そうした乳母の老いた後姿を眺めながら、香子は父君の年齢を考えて居りました。明けて、五十五歳におなりになるはず。

――お一人の越前暮らし、さぞ、お淋しかったことであろう。

香子は今更のように自分の親不孝を悔いました。宣孝どのとの結婚は、それなりにうまくいっているという顔をしていなければならない、と決意いたしました。

為時どのは、思ったより元気にお帰りになりました。雪灼けというのでしょうか、お顔の色が少し黒くなっているだけで、足取りも軽く、歩いて来られ、

「やあ、これが賢子か。名前の通り、利口そうな子だな」

抱きあげて、頬ずりされました。父君をあまり知らない賢子は、乳母に教えられた通り、おじじさま、おじじさま、とまつわりつき、為時どのは相好を崩して喜ばれました。

——賢子が生まれたことだけで、宣孝どのとの結婚は意味があったと思わねばならない。

香子は、祖父と孫娘の他愛ない、幸福そうな様子を眺めながら、これが父君に対する、自分のたった一つの孝養であったことを、情無いような気持ちで確認して居りました。

為時どのがお帰りになったとあれば、宣孝どのも、そのうちにお見えになるにちがいない、香子はそう思って手紙も出さずに居りました。

四月二十日、為時どのは、久し振りに賀茂の祭を見ると、お出かけになったのですが、蒼ざめて帰ってお出でになりました。

「いや、惨憺たるものだった。賢子と遊んでいると極楽で、ちっとも知らなかったが、京は、いま地獄だねえ」

為時どののお話によると、祭見物の車は百輌たらず、路には人影も疎らで、祭の日にもかかわらず、死体を平気で運び出している者もいた、とのことでございます。あまり外出しない香子に詳しい事情は分からないのですが、前年から猛威を振っている疫病がなかなか納まらなくて、先月終わり、大極殿に多勢の坊さまを集め『金剛寿命経』の転読を行い、御祈禱されたそうですが、効顕なく病魔は猖獗をきわめているとか。

――父君がお帰りになって、二か月も経っているのに、宣孝どのがお見えにならないのは、もしかしたら……。

嫌な予感が香子の頭を掠めました。妻である香子の許へは御無沙汰でも、年来の友人であり、舅にもなった為時どのへの挨拶を怠るような宣孝どのではないのです。いい加減なところもありますが、こうしたけじめはきちんとする人なので案じていましたら、果たせるかな、長男の隆光どのが衣裳を正してやってまいりました。

異様な胸騒ぎを隠して、香子は隆光どのを迎えました。

――この様子では、御病気ではない。すでに事態があらたまっている。

その通りでございました。

「突然のことで……」

言いさして、隆光どのは絶句なさいました。しばらく、気持ちを整えるように大きく息をしてから、

「あのような性格でございますから、誰にも知らすな、病気のときに人に会っても少しも嬉しくない、向こうも気を遣い、こちらも気を遣う、良いことは一つもない、とか理屈をこねて、それでも半月ばかりも苦しんでいたようでございます。私が呼ばれたときは、もう意識が無くて、誰が誰やら分からぬ状態で、そのくせ、隆光を呼ぶな、祈禱をするな、坊主に拝んでもらうくらいなら、自分で拝む、とか最後まで憎まれ口を叩いて居りましたが、とうとう。二十五日のことでございました」

と、言うなり身体を伏せて、ひどく泣きこまれました。

香子は泣いている隆光どのを凝視めていました。不思議に涙が出ませんでした。

——わたしにとって、宣孝どのとは、いったい何であったのだろう。

そんなふうに思いが散って行き、泣くというより、人と人との繋がりの儚さを思う心が先立ちました。庭先の卯の花に目を放ったまま、黙っているとようやく気を取り直したのか、隆光どのは懐から、書きつけを取り出して、香子の前へ置きました。

「これは父が今度の病気は流行病だ、到底助からぬと思いきめ、意識のあるうちにと言い遺した、賢子さまへの形見分けでございます。今日は目録だけで、後日、荷にし

て参上いたします」

「賢子への形見分け――」

そのとき、初めて、香子は涙がこぼれました。宣孝どのの気持ちが嬉しかったのではなく、瀕死の床にあって、あちこちに散らばっている子供たちへ、それぞれ心配りをしている男の気持ちを思いやって、むしろ哀れがそそられたのでございます。

――死ぬときまで、こんなに頑張って。一生懸命気働き一途に生きて来たひとらしい……。

そのとき、隆光どのが居ずまいを直しました。

「母君は、物語をお書きになっていらっしゃるそうで」

「…………」

物思いに捉えられていた香子は、はっと顔をあげました。目の前に隆光どのの少し緊張した顔がありました。

「父から、よく伺いました。父は、あんなふうでしたが、母君を尊敬して居りました」

香子は微笑しました。

「母君、母君――」

と呼んでいますが、隆光どのは、香子と同い年か、一、二歳年下にすぎません。それが滑稽だと思いながらも、宣孝どのの香子への対しかたを庇って弁明していられるのを好ましく聞いて居りました。

「一度、読ませていただきたく思うのですが」

「お見せするようなものではありませんわ。ほんの書き散らしですもの」

「書き散らしでも、歌などより面白いものが沢山あると聞いて居ります」

「………」

「ほら、例の、清少納言の『枕草子』でございます」

「ああ。お読みになったのですか」

香子は思わず身を乗り出しました。

「いえ、一部分だけです。もう十年近くも昔の話になるが、私ども父子の、金峯山詣（きんぷせんもうで）。あのことが『枕草子』に書かれているからと、写本の一部を貸してくれる人がありまして……」

「何ということを……」

香子は身うちが沸き返るように思いました。あの恥ずかしい事件を、こともあろうに清少納言が書き留めていたなんて。しかし、隆光どのは涼しい顔で、

「我がことながらなかなか面白うございましたよ。清少納言という人は、女性ではございますが、気持ちにゆとりのようなものがあり、私たち父子は、揶揄（からか）われているのでしょうけれど、それが少しも腹が立ちません」

——それは、かなりの文才だ。

香子は不意に競争心を刺戟されました。

「読んでみたいわ。ずいぶん前から友達に頼んでいるけれど手に入り難いの」

思わず意気ごんで、年齢の近いせいもあり、香子は知らず知らずのうちに隆光どのと親しく口を利いて居りました。

「分かりました。私も努力して伝手を探しましょう」

隆光どのは、にっこりしました。笑うと宣孝どのそっくりの顔になって、若いときの宣孝どのは、きっとこのようであったろうと思われました。目許がとても爽やかなのです。あちこちの女にもてたのは無理ないかもしれません。

「お父さま、お幾つになっていらしたかしら」

「四十九、もう、五十でございましたね」

——そうだったのだ。心得てはいたけれど、夫としてつきあっているうち、年齢の差をひどく縮めてしまっていた。五十の男に、足繁く通えと言う方が無理だったかもしれない。けれど、わたしは、別に夜の関係を求めていたわけではないのだけれど。ああ、そうだ、いつだったか、昼間やって来て、それを手ひどく言って追い返した。あれがいけなかったのかしら。あれは、普通の、年老いた夫婦のつきあいをしようという意味だったかもしれないのに……。

「そろそろ、お暇しなければなりません」

隆光どのが腰を浮かされました。

「ああ、また物思いに耽ってしまいましたわ。夫婦になってからは短うございましたが、宣孝どのとのおつきあいはずいぶん長かったのだなあ、と思ったりして」

香子は目頭を押さえて硯を引き寄せました。

見し人の　けぶりとなりし　夕べより　名ぞむつまじき　塩釜の浦

〈――夫だった方が亡くなって荼毘の煙になってしまわれたその夕べから、塩を焼く煙につられて塩釜の浦の名に親しみが感じられるのです〉

「いただいて帰ります」

隆光どのが出ていかれたあと、もう夕暮れになっているのに、明りも灯けないで、長い時間、香子は凝っと部屋の真ん中に座りこんで居りました。

第三章　物語作者として

香子は、宣孝どのが亡くなられたあとの自分の気持ちを紙に書きつけて居りました。第一の感慨は「かくても月日は経にけり」（こうしていても、月日というものは経過して行くものだ）でございます。加えて、古歌にこのようなものがあります。

あるときは　ありのすさびに　憎かりき　無くてぞ　人の恋しかりける

〈――あの人がいるときは、何だかんだと憎いこともあったけれど、居なくなってしまったいま、かえって恋しい思いに捉えられている〉

こうした人間の心理状態が、奇妙だけれども面白いものに思われ、香子は、この場面を物語の最初に持って来ようと考えました。

——最愛の妃を失われた帝。

舞台は、華やかな宮廷でなければならないとは、前々から考えていました。その宮廷の、雲の上のようなところに住んでいる人びとが、読者たちと同じような心の動かしかたをするのが面白いのでございます。妃を失われた帝にして、帝を失われた妃にしないのは、香子自身の気持ちを男に投影したいからです。女の立場で書くと、あまりに現在の自分に近いので、少しずらして、他人ごととして書くのが物語としては相応しいと思えました。

物語のなかに自分を投げこんで「あるときはありのすさびに……」と詠じながら、宣孝どのが亡くなられたあとの自分の気持ちの動きを、香子は奇妙に面白いものと思って居りました。もちろん、何事によらずこんなふうにして、まるで他人の身の上に起こったことのように分析している自分がおぞましくもあります。特に、夫が死んだあとの妻の悲しみ、という形で自分を分析するなんて……。

しかし宣孝どのが亡くなられてあと、急速に物語の世界が開らけて来るように思えたのには、もう一つの理由がございました。長男の隆光どののことでございます。気持ちの変化は別として、宣孝どのが亡くなられたからと言って、香子の生活に特に変わったことは起こりませんでした。賢子が生まれるのを境い目にほとんど訪れのなくなった宣孝どのでございます。賢子が生まれたときから、宣孝どのが、つまり男が、居ない生活はすでに始まって居りました。

　そこへ、いきなり隆光どのが現れました。宣孝どのの死という悲しい報らせを持って来たにもかかわらず、若い隆光どのは、屋敷中に活気を振り撒いて帰られました。一と月ほど後に、『枕草子』の前半の写本を手に入れた、とやや興奮気味で持って来られて、それから数日後、真夜中にやって来られました。

「隆光です。開けてください。隆光です」

　言いながら激しく裏木戸を叩かれるのです。乳母が起き出して、

「どういたしましょう」

　と走り寄るのを制して、香子は首を振りました。

「夜の訪れを許すというのは、男と女のあいだを許すことですもの。開けてはなりません」

「でも……」

　何か、他の火急の用かもしれない、と乳母は言いたげでしたが、香子には手応えがありました。『枕草子』を持って来てくれたときのことです。御簾を下ろしたまま応対していますと、

「このあいだのように、隔てを取ってお話しください」

と言うのです。

このあいだ、とは宣孝どの逝去の報告にいらしたときのことでございます。

「あの折りは、特別の状況でしょう。あなたは父君宣孝どのの妻としてのわたしに用がおありになったのでしょう」

御簾を隔てていても伝わって来る隆光どのの熱っぽい気配を押し返すように、香子は努めて冷静にして居りました。

「宣孝どのの妻――そうですよ」

隆光どのは、そこで、

「は、は」

乾いた笑い声をたて、

「そうですつまり、私にとっては義理の母君に用があったのです」

「…………」

「母君でしょう、あなたは、私にとって。それなら御簾をおあげください」

「…………」

「淋しいのです。先年、母を亡くした私には、もう母君はいない。だから、あなたは、私の母君なのです」

「そんなこと仰言っても……」

「何だ、あなたの方が意識しているじゃないか」

隆光どのの言葉つきが、がらりと変わりました。

「震えている。隠しても駄目だ」

隆光どのは、ずいと膝を進めると、簾に手をかけられました。指のながい、武骨な男の手が、簾の端から差し入れられたのを、香子は凝っと見て居りました。簾の下へ差し入れられた手は指歩きして香子の袿の袖の端を摑みました。

「あ」

声にならない声をたてて、香子は肩に力をこめ、袿を引こうとしましたが動きません。動かないどころか、逆に強い力が肩にまで伝わって来ました。

「………」

香子の身体のなかに熱い湯がそそぎこまれたような感覚が走りました。しかし隆光どのはそのまま、なかへは入らず押し殺した声で仰言ったのです。

「のちほど、必ず、夜に伺います。そのときは、門をお開けください」

――だから、今夜は、最初から、そのつもりでいらしたのだ。

それが分かっていて、お通しするわけにはまいりません。香子は耳を塞いで、床のなかで凝っと身を竦めていました。小半刻くらい裏木戸を叩く音は続いていたでしょう。そのうち諦めたと見え、静かになりましたが、早朝、早速に歌がまいりました。

世とともに　あらき風吹く　西の海も　磯べに　波も寄せずとや見し

〈――いつも荒い風の吹く西の国の海辺でも、風が磯辺に波を寄せつけないことはありません。私はいつも、力いっぱい吹きつければ、寄せつけてもらえると思っていたのに、こんな目にあったことはありません〉

朝まだきの縁先で、黒々と書かれたその文字に見入りながら、香子は、ある昂ぶりを覚えました。西の海というのは、宣孝どのに同行して下った筑前での印象にちがいありません。少し意味の通らない、ぶっつけるような読みかたに、逆に、男の心に滾っている熱を感じました。同じくらいの年齢の男に言い寄られた経験のない香子は、汗臭い匂いも同時に嗅いでしまって、膝頭がくらくらしました。

――隆光どのが純粋に、わたしを恋いこがれているのではない、それは分かっている。

香子は、例によって分析をはじめました。隆光どのは、父君の若い後添の妻と通じるという、一種、不倫の感覚に身を委ねて、わくわくして居られるにちがいないのです。そして香子自身と言えば、不倫を愉しむという気持ちは毛頭ないにもかかわらず、隆光どのの若さの前に全身が燃えあがりそうになっているのです。香子は、明けがたの空に残っている薄い月を眺めました。

――わたしは大丈夫だ。理性を持っている。わたしのこの気持ちも、隆光どのの情念も、物語に書いてこそ意味がある。実行してはつまらない。物語に書こう。

かへりては　思ひしりぬや　岩かどに　浮きて寄りける　岸のあだ波

〈――お帰りになって、わたしの堅さがお分かりになりましたかしら。岩角に浮いて寄せた岸のあだ波のように、浮気めいて言い寄っていらしたあなたにも〉

できるだけ醒めた意識で、冗談を交えてお返事をしたのでございます。それが応えたのでしょうか、隆光どのは、しばらくは顔をお見せになりませんでしたが、翌年、突然、手紙を寄越されました。

「あなたの、父へのお気持ちはよく分かりました。でも、そろそろ、喪が明けてもよい頃ではありませんか。今度こそ、門を開けておいてください」

――困ったわ。

隆光どのも、宣孝どのの性格を受けついでいて、一度、こうと思いこんだ女に対しては、何が何でも思いを遂げるまでは引っ込まないのかもしれません。けれど、こうした男にかぎって、思いを遂げるとそれでもうすべてが済んでしまったような気持ちになって、それきりになるでしょう。

——一度、寝てしまった方がいいかもしれない。

ちらっと、そう思いました。そう思ってから、慌ててその考えを退(しりぞ)けました。そんなことをすれば、香子自身が今度は隆光への思いが断てなくなって苦しみのどん底を味わわねばならなくなります。

——前の返歌と、同じ口調で詠(よ)まねばならない。

たが里の　春のたよりに　鶯の　霞に閉づる　宿を訪ふらむ

〈——鶯は、どなたの春の里を訪れたついでに、霞のなかに閉じこもっている喪中のこの家を訪ねて来たのでしょうね〉

もうそろそろ、こういう訪問をおやめになったら、という意味を言外に滲ませました。しかし香子は、こう書いてしまったことによって、自分自身の気持ちが定まりました。

した。隆光どのが、どれほど言い寄って来られても、相変わらず、こうしていなしていけばよいのだと自分の態度を決めたのです。宣孝どののときは、そうはまいりませんでした。周囲の者からも結婚を促されますし、第一、男嫌いの変人と見なされかねません。けれども、子供も生まれたいまとなって、隆光どののことは余分です。遊びです。遊びはしなくても我慢できます。物語を書くことが出来さえすれば。それに、隆光どのの求愛は、充分、香子に物語構想の示唆を与えてくれました。

——亡父の女に言い寄ったのではなく、現在、生きている父の女に言い寄ることにしよう。その方が物語としての面白さは増す。男の情念も女の情念も禁忌を犯すことによって一層の昂まりを見せる。そして、父は、やんごとない帝、父の女は類い稀れな美しい女御、言い寄る息子は、かつて父帝が限りなく愛した女性の忘れ形見……。

想を紡いでいると香子は時を忘れました。或る程度まとまりますと、為時どのから戴いた越前紙に清書しました。まず女友達に読んでもらうためです。

隆光どのの訪問が一段落すると、香子の生活は物語を書く以外、何の変哲もないものとなりました。淋しい、と言えば、淋しい。父に近い年齢の夫を持ったせいで、三十を少し過ぎたばかりで寡婦となり、世のなかの無常を人一倍多く味わって生きているようにも思えます。けれども、淋しさのあまり、心荒んだ振る舞いだけはしたくないと、隆光どのとのことも懸命に取り繕って遣り過ごして来たのです。

ただ心と身体を掻き廻す情念のようなものは、なお消えないのか、物思いにとりつかれる秋の夜など、縁近くに出て、ぼんやり月を眺めていたりします。月を眺めていますと、あの月が昔の盛りのわたしを賞めてくれた月だろうか、などと、あれほど嫌った宣孝どのの熱心な求婚までが、いまとなれば遠い思い出、ひたすら懐しく愉しく、まるで目の前の光景を思い起こすように、月の夜のあれこれの出来ごとなどを反復してしまうのでございます。

風の涼しい夕暮れには、聞き苦しい琴を、誰一人咎める者の居ないのを幸いに独奏したりしますが、通りがかりの人が聞いたりしたら、

「あの女、また、悲しいことが殖えたのだろうか」

と思われはすまいかと僻んで考えてしまいます。愚かと言えば愚か、惨めと言えば惨めでございますが、香子にはどうもそういう人の噂や評判を殊更気にする性質がございます。父君に従って越前に着いた最初の日に、召使いたちの陰口を聞いてしまって以来、日々を住み難くしてしまったのも、この性格故でございます。

そのくせ、人目憚からぬ図々しいところもあって、自分の部屋などは放ったらかしでございます。見苦しく黒ずんだ部屋に十三絃の琴、六絃の琴、ともに調律してあるまま、弾きっぱなしのままでおいてあります。

「雨の日は琴柱を倒しておかなければ湿気で張ったままの糸がそのまま緩んで音が悪

くなるわよ」

一言召使いに命ずればよいのにそれもせず、ただ、もう面倒で、うっちゃらかしておく香子なのです。その琴に塵がつもって、寄せて立てかけてある戸棚と柱のあいだに琵琶も突っこんだまま、男がやって来ない家というのは、こんなものなのでしょうか。

大きな厨子一対に隙間もなく積んでありますのは、一方は古歌集や物語の本です。香子が読まないと読む人もいなくて、面倒で虫干しもしませんので、紙魚の巣になっているにちがいなく、そう思うだけで覗く気もいたしません。もう一方には、これは漢籍が入れてあって、宣孝どのがいらした頃は大切に扱ってくださったのですが、何だか、いまでは手を触れる人も別に居りませんので、こちらも埃の積り放題でございます。それらの漢籍を、あまり所在ないときは一冊二冊と引き出して読んでいますと、侍女たちが集まって、

「うちのお方さまは、いつもこんな有様でいらっしゃるから、お幸せが少ないのよ。どうして女の身で漢籍などお読みになるのでしょう。昔は、女がお経を読むのさえ、漢字を読むのはよくないという理由で制止めたものなのよ」

などと陰口を叩きます。

――じゃあ、隆光どのと恋でもすればいいの。

開き直りたい気持ちもどこかにありますが、所詮は、うじうじと暮らしているのです。所在なさに、ただ茫然と物思いに沈んで、花の色を見ても鳥の声を聞いても、春秋に移り変わる空の様子や、月の光、霜の色、雪の降りざまを眺めて、ああ、その季節が来たのだなあ、と思うだけで、何だか自分の心が何処にあるか、分からないのです。ただ、「物語」を書きつけるときだけは別でございます。一心に書いているときは、周囲の暮らしがどうなろうと、まるで意識のなかに入ってまいりません。賢子のことさえ、どうかすると忘れてしまっています。そしてまた、この「物語」を読んでくれる女友達からの感想が書きつけられて来るのが無上の愉しみでございます。そのときだけ、世のなかが、ぱあっと明るくなったような気がいたします。

——そう、隆光どののことなど、どうでもいいのです。わたしの「物語」のなかの主人公は、父帝の美しい女御さまと、もう契ってしまわれました。やがて、不倫の子が生まれ、父帝は、それをまるで御存知ない……。

「目の眩むような面白さよ」

例の「姉君」は興奮して手紙を寄越しました。

「父帝が御存知ない、というところが凄いわ。何故かしら、わたし、胸がすうっとするの。藤壺さまはお苦しみになっているのでしょうけど、まあ、それはいい。あなたは、この不届きな皇子さまに、あとでどんな罰を与えるのかしら、それが愉しみね」

――あとでどんな罰を？

それは、もう胸のなかにある香子ですが、いまはまだ発酵して居りません。「物語」の滑り出しを宮廷のなかの出来ごとに設定したので、内裏の暮らし向きのよく分からない香子は、『枕草子』を参考にして居ります。

道長さまの御女彰子さまが入内なさってから急速に影を薄くされた皇后定子さまが不遇のなかで第一皇子をお産みになった様子が、『枕草子』にはきちんと書きとめられていて、香子は感動いたしました。『枕草子』全体には、香子としてもいろいろ異見があり、清少納言の自己顕示欲の強い性格が丸出しになっていて好みの合わないところもありますが、その感覚の鋭敏さや、簡にして要を得た筆運びには驚くばかりです。なかでも特に香子が参考に致しましたのは内裏(だいり)での定子さまの御様子、女房たちの動き、調度品などの細かな描写でございます。それから、これは朧(おぼろ)げに伝わって来る女房たちと殿上人(てんじょうびと)たちとの関係……。

『枕草子』を読みはじめたとき、香子は強い衝撃を受け、清少納言という人の才能に嫉妬もし、反撥もしましたが、自分の「物語」の参考文献として使いはじめたとき、観点が一変しました。定子皇后さまが亡くなられて、丸三年以上も経った現在の視点からこれを読みますと、清少納言が、どのような思いで彼女の皇后さまに肩入れしていたかがよく分かり、そこから彼女の正直な正義感すら伝わって来、香子は、この少し年上の文才ある女性を批判しながらも余裕のある好もしさで眺めている自分を発見するのでございます。

香子の「物語」は着々と進んで居りました。「姉君」はじめ、二、三の読者が主人公を「源氏君」「光る君」とか「光源氏」とか、もう自分に親しい者のように呼ぶのを聞いて、「物語」がうまく展開していることに自信を持つようにもなりました。最近は、女友達だけではなく、父君の為時どのや、弟の惟規（のぶのり）どのまでが読み耽っている様子なのでございます。

「大きな『物語』が仕上がって行くような気配だね」

執筆している娘の部屋へは、あまり顔を出されない為時どのまでが、興奮を押えきれぬ表情で入って来られました。

「『古事記』が男の『物語』だとしたら、これは女の『物語』だね」

香子は、はっとしました。さすが学識豊かな為時どのでいらっしゃいます。自覚していなかった観点ですけれど、これから自覚して書いて行こう、と咄嗟（とっさ）に思いました。

「父君――」

香子は思わず涙が出そうになりました。女友達がさまざまな印象や思いつきを知らせてくれるのも「物語」展開には役立って有難いのですが、このような「物語」成立の、いわば根本的な支えになる言葉を聞いたのは初めてです。

「どんどんお書き。越前紙は幾らでもある」

為時どのは笑って部屋を出て行かれました。

それにしても、廻し読みにしては惟規どのまでが読んでいるとは、どういうことでございましょう。香子が書き綴っている原本の他に、写本は「姉君」の所へ送ってある一つだけだと思っていましたが……。

「ちがう、ちがう、三冊かな、いや、四冊くらいあるかもしれない」

惟規どのは恐ろしいことを言うではありませんか。

「まさか、わたしは、まだ絶対秘密にしておいてね、と頼んだのに」

「駄目ですよ、こんな面白い『物語』が、いつまでも姉君の『姉君』やその友達のあいだでしか読まれないというわけにはまいりません」

惟規どのはおどけた口調で言ってから、急に真剣な顔になりました。

「このぶんなら、いまに内裏でも評判になって、『枕草子』や『かげろふの日記』みたいに、写本が上つかたのあいだでの賜りものになりますよ。いや、『枕草子』や『かげろふの日記』よりもこの『源氏物語』はずっとずっと面白いから、広まり始めたらとどまるところを知らないかもしれません」

「惟規どの、あなた『枕草子』や『かげろふの日記』などいつ、お読みになったの」

香子は思わず詰問(きつもん)の口調になりました。惟規どのは為時どのの子供に似ず、子供のときから字を読むのが嫌いだったはずでございます。

「いや、姉君の『物語』だけは読みましたが、他のとの比較は受け売りです」

「誰方の」

「隆光どのですよ」

「隆光どの――」

言ったきり、香子は次の言葉が出て来ませんでした。

――惟規どのは、隆光どのといまでもつきあっているのだろうか。

「あの男は、宣孝どのの血を享けてか、なかなかの洒落者、好き者ですよ。女たちとのつきあいも広いし、男のくせに漢籍より仮名ものの本に詳しいのです」

――そのつきあっている女たちのところで、この「物語」の登場人物は、自分だなどと吹聴しているのではないかしら。

以前、宣孝どのが香子からの歌や手紙を人に見せ歩いたことで言い争いになったことを香子は思い出しました。しかし、隆光どのがどう言おうと、どう考えようと、これは「物語」なのだから、わたしとも、隆光どのとも、何の関係もない絵空事なのだ。

しかし、隆光どのの名前が出たとたん、香子は身体の奥から何か熱いものが湧いて来るのを覚えました。御簾の外から強く迫られたときの気配が、鮮かに甦って来ました。

「姉君、こだわっているのですか」

「…………」

「隆光どののことですよ」

惟規どのは面白そうに香子の顔を眺めています。

「あの男は、こだわっている。姉君に拒み通されたことで一層姉君に執着しているらしい。『あのひとは、男心を弄ぶ方法を心憎いまでに知っている。さすが物語作者だ』と言っていました」

――そんな……。

香子は二の句が継げませんでした。隆光どのを拒んだのは手練手管などではなく、むしろ香子自身が陥ちこみそうな危険から自分を引きはがしたに過ぎないのです。しかし惟規どのの言うことが本当だとしたら、隆光どのは、いまでも香子に執着していることになります。それが、香子の心を少し明るませると同時に、このような形での男との繋がりを喜んでいる自分が浅ましく情無い香子でもあるのでした。

寛弘二年秋、香子のところへとんでもない話が舞いこみました。中宮彰子さまの女房として出仕してくれないかという、道長公の室、倫子さまからのじきじきの御依頼でございます。

「わたしが宮仕えですか」

香子は首を振りました。どういう伝手（つて）を辿ってか、惟規どのが持って参りましたお手紙でございます。

「いきなり、こんなことを仰せ出されても……」

返事を濁そうとしますと、

「いきなりではないのだ」

と惟規どのは申します。

「もう二年近くも前に、道長公が父君に直接に申し込まれたのです」

それは知りませんでした。惟規どのの話によりますと、長保五年、足かけ三年前の五月、為時どのが「御堂（みどう）七番歌合（うたあわせ）」に出席なさった際、主催者の道長さまから出仕の依頼があったと言います。

「当時姉君は『物語』を書くのに夢中でしたので、父君は握り潰してしまわれたのです。私にも言うなと口止めされました」

「………」

「その頃の道長公のおつもりでは、為時の娘は学者だそうだから、女学者を彰子さま付きの女房にして、かつての清少納言の向こうを張らすつもりでいらっしゃったのでしょう。だが現在の姉君は、単なる女学者じゃあない。内裏で競って読まれている『源氏物語』の作者だ。道長公が北の方の直筆という形で懇願されるのは当然だよ」

「内裏で競って読まれている、なんて、そんな……」

「だって、本当のことだ。私のような者まで鼻が高いのだから」

「………」

「ねえ、姉君、お受けしてくださいよ。一門のためだと思って」

「一門のため？」

「そう。姉君がこれをお受けになれば、父君も、そして私も道長公のお覚えがめでたくなることは間違いありません。父君は、姉君に対して、そのような不純な希望は述べたくないのでしょう。でも、私は違います。私は父君のような学才はありませんから、このまま、一生、くすぶって暮らす他ないのです。父君もくすぶっていらっしゃったが、まだ学者ですから恰好はつきます。私の場合は……」

「もういいです。惟規どのの言いたいことは分かりました」

香子は不機嫌な声になりました。

「断るのですか」

惟規どのの顔が歪みました。

「断れば、逆に……」

「どうなるのですか」

ているのです。自分の意に染まぬことがあれば、現在の中宮の御兄弟すら左遷した男です。どのような策謀を用いるか、知れたものではない、と惟規どのは主張します。

香子は冷やかに惟規どのを見据えました。惟規どのは、道長さまの報復人事を恐れ

「伊周さま、隆家さまを追い落とされたあの事件は、もともと伊周さま、隆家さまが軽率であったにしろ、それを利用する形で、巧妙に道長公が仕組まれた罠だということは、殿上人たちのあいだでは、公然の秘密だそうです」

「それは伊周さま、隆家さまだからよ。まさか、一介の女房を宮仕えさすために、そんな策謀を用いられるなど、あり得ないわ」

「けれど、蔑ろにされた、と激怒されることは考えられます。姉君、お願いします。受領の階級の者が役職にもつけないで暮らすのは悲劇の極みです」

惟規どのの悲鳴に似た哀願に、香子は暗澹と致しました。呑気そうに見えた惟規どのにも、惟規どのなりの悩みがあったのだと、不意にこの弟君が哀れになってまいりました。

「分かりました」

香子は頷きました。自分が「物語」を書くために、父君にすでに多大の迷惑をおかけしてしまっていることは、惟規どのの言葉からも察しがつきました。父君が香子のために道長さまの依頼を言を左右して逃げてくださっていたのでしょうが、それも限

界に来たとの見当もつきました。それに「物語」も快調に滑り出しています。手を入れたいところもありますが、内裏というものを実際に見てみることも、書く上では大事なことと思えて来ました。

「じゃ、いいのですね。承諾のお返事を出してもいいのですね」

惟規どのは飛びあがって喜びました。

「お返事は、わたしが直接、倫子さまに書きましょう。でも、第一、父君の許可を得なければ」

「父君に否やのあろうはずはないじゃないか」

惟規どのは決めてかかっていますが、香子には父君の気持ちはよく分かります。定子さまが中宮でいらっしゃった頃、周囲に清少納言などといった才女を集められ、大いに宮廷での女房の役割が見直されましたし、いまもまた、道長さまが彰子さまの周囲に学問があったり歌の上手だったりする女房を集めようと躍起になっていらっしゃいますので、世間の人たちが以前のような目で女房勤めを見ないようにはなりましたが、上つかたの人たちはご自分の娘には女房勤めはさせられません。それに見倣ってというわけでもないのですが、それより下の階級の、たとえば受領の女でも、何となく、女房勤めを嫌ったものでございます。内裏は人の出入りが自由なので、性も乱れ勝ち、と考えられていたのでございます。

　もちろん、香子が女房勤めを嫌うのは、性の乱れなどを考えているわけではありません。香子は、単に人嫌いなのです。性の乱れなどと言って、女性を家に閉じこめて、男性の方が自由に女漁りをしているのも、性の乱れと言えば性の乱れでございます。女が、やって来る男に何人女がいようとお構いなく男を受け入れているのも性の乱れと言えば乱れです。となれば、家にいる女も、女房勤めに出ている女も同じなのでございます。逆に女の立場から言えば、女房勤めに出た方が殿上人と出会う機会は多いのです。邸うちに引きこもっていて、男の通いを待って、たかだか受領の妻になるよりも、内裏に居れば、右大将だって左大臣だっていらっしゃるのです。正室になれなくても、何人目かの夫人に納まる可能性はあるのです。こちらの方が女の生きかたとして利口だと考える女性がいても、決して不思議ではありません。

　しかし、為時どのは固苦しい物の考えかたをなさる方です。惟規どのとは、また違う意見があるかもしれない、と香子は思いました。

「時勢は変わっているよ」

　香子の話を聞き終わってから、意外にも為時どのは、そんなふうに仰言いました。

「香子も内裏へ出た方がよいと思う。道長公のこしらえた彰子さまの後宮は、どうかと思う点も多々あるが、それなりの価値もある。香子が出仕すれば、清少納言の向こうを張れる何かが、彰子さまの周辺で起きると思うよ」

香子は頷きました。前途に何があるか分かりませんが、新しい生活に入ってみようと決心いたしました。

それにしても、気になるのは一人娘の賢子のことでございます。乳母などに言わせますと、

「書きものをするときは、まつわりつかれるのをうるさがるくせに、ご自分の都合で、突然べたべた可愛がったりする、全くいい加減な母親――」

なのだそうでございますが、そうしたいい加減な関係も、屋敷うちにいてこそ、でございます。

母親というものは奇妙なものだと、香子は時折自分の心のうちを、他人のそれを覗くように眺めることがあります。いつでしたか、そう、あれは賢子が三歳のときですから、三年も前のことでしょうか。原因不明の高い熱が三日も続いたことがございました。仏典などを読んで、世のなかは無常なものだ、人の生命など儚いものだと、悟りきったようなことを言ったり思ったり、おまけに書いたりしている香子でございますのに、侍女たちが、まじないの漢竹を瓶にさして祈っているのを見て、同じように必死で祈ってしまったのでございます。

若竹の　おひゆくすゑを　祈るかな　この世をうしと　いとふものから

〈――若竹のような幼いわが子の成長していく未来を無事であるように祈っているのですよね、この世は住み難い、嫌なところだと思っている、その私自身であるくせにね〉

我ながら滑稽でございますけれど、こうした矛盾した気持ちが人間の意識には内在するのが面白くもあります。

「母君、わたしは、けっして淋しくはありません。温和しくお留守番をして居ります」

宮仕えが決まってから、ともすれば物思い勝ち、うつうつとしている香子に、賢子は健気に言うのです。乳母たちに言いきかされているにちがいありません。

「香子さま、御心配は要りません。だって、おじじさまがついていらっしゃるのですもの。おじじさまさえいらっしゃれば言うことはありません」

乳母も口を添えます。乳母の口調は、香子なぞ、いてもいなくても賢子は育つと言わんばかりです。ただ、為時どのだけは何も仰言いません。為時どのには香子が宮仕えを承知はしたものの心底に憂鬱を抱えこんで滅入りに滅入っているのがお分かりになるのでございます。いまさら、内裏の男関係がどうのこうのという年齢でもありませんので、この憂鬱は人づきあいが徹底的に嫌いな性格に起因していると為時どのは睨んで居られます。

そうするうち、十一月の中旬でしたか、内裏が焼けました。故定子さまの系列の方方を権力の中枢から遠去けようとされた道長さまの強引な遣りかたにいまなお不満を持つ人たちは内裏のなかにも多勢いて、付け火にちがいないとの噂が飛び交っている、と惟規どのが教えてくれました。最近、頻繁と内裏が焼けるのは、そのせいだ、とも。

「内裏が焼ければ、わたしの出仕は当分は延期ね」

香子には、そのことの方がむしろ重大で、もしかしたら無期延期かもしれないと、一瞬期待したのですが、惟規どのは何を言っているのだ、という顔になりました。

「駄目、駄目。帝も中宮さまも道長公の東三条第に移られて、そこが宮中になるらしい。その上、道長公は、内裏が焼ければ建て直すだけだ、何度でも新しくなれば、いっそ気持ちよい、と豪語して居られるそうだ」

恒例に従って、香子はその年の暮れ、十二月二十九日に初出仕致しました。身分は中宮彰子さまお抱えの女房で、その頃、女房の位階は父君のそれによって定まったそうで、国司の娘である香子は中﨟（ちゅうろう）の待遇でございました。

まず同室の女房、弁のおもとに紹介されました。香子より二、三歳年下の、おっとりとした下膨れ（しもぶく）れの顔に愛敬のある口許（くちもと）という、好感の持てそうなひとでございます。香子は、何故か、ほっとしました。すると向こうも、ほっとしたような顔になって、

「『光る君の物語』の作者だということで、もっと可怕い方かと思って居りましたら……」

と、くすりと笑われるのでございます。

「可怕いと思っていらっしゃったら、……どうだったのでございます?」

香子も相手の口調に釣りこまれて笑いながら申しました。

「怒らないでくださいまし、そこら辺にいる普通の小母さまでございました」

「あら、わたしは普通の小母さまですわよ、仲良くしてくださいまし。そして、どうぞ、色々教えてくださいまし」

「とんでもない。わたしの方こそ。内裏のなかのことこそ先輩でございますが、あとは総て、あなたに教えていただこうと……あ、まだお名前を伺って居りませんね」

「香子と言います」

「香子……よいお名前でございますね。でもここでは、そんなふうにお呼びすることはありませんね。香子さまの場合、きっと、何とかの式部、というふうになると思います」

「式部ですか」

「はい、父君が、式部丞でいらしたことがおありでしょう。ですから」

「はあ」

「多分、藤式部(とうのしきぶ)とでもお呼びするのではないかと思いますよ。だいだいしきたりのようなものでございますから」

　中宮彰子さまにお目見得しましたのは夜になってからでございます。彰子さまは十六とか七とか伺って居りましたが、年齢より子供っぽく見え、聡明そうな目をしていらっしゃいました。

「あなたが『光る君の物語』をお書きになったのね」

　最初のお言葉がそれだったので、香子は、はっと狼狽(ろうばい)しました。声も出せないでいますと、

「弁のおもと、この方を何と呼べばいいの」

　とひどく可愛らしい声で促されます。弁のおもとは畏(かしこ)まって、香子の方を見ましたが、香子は俯(うつむ)いたきりです。おもとは仕方なく、

「はい、まだ定まっては居りませんが、父君の役職に因(ちな)んで、藤式部ではどうかしら、とさっき話しあったところでございます」

　と答えました。

「藤式部、ねえ。まあ、公にはそれでいいでしょう。ただ、わたしなら、紫さん、紫式部、と呼ぶところだわ」

　彰子さまはそれから、いかにも親し気に、そして少し恥ずかしそうに、にっこりな

さいました。

「これまでのところ、わたしは『若紫』の巻がいちばん好きなの」

香子は、冷や汗が胸乳のあたりを流れ落ちるような、言うに言えない身の置きどころの無さを感じて、慌てて弁明いたしました。

「有難う存じます。でもまだ、それは完成して居りませんので。あの、これから、まだ直しますので……」

「まあ、まだ書き直すのですか」

「はい」

「でも、あのままでも、とても面白いわよ」

「いえ、良くありません。あれは、気に入らないところの多い巻でございます」

思わず強い言葉が出ました。

「まあ、そうなの」

彰子さまは半分泣き出しそうな顔になって黙ってしまわれました。弁のおもとがそっと袖を引かなかったら、香子は何を言い出したか分かりません。自作の話になったので、つい相手が中宮さまであるのを忘れていました。早々に御前を引き退ったのですが、何だかとても失礼なことを仕出かしてしまったようで後悔いたしました。

翌日は道長公夫妻にお目通りすることになりました。

「中宮さまのところへ、稀代の女学者が出仕されたそうで、御尊顔を拝しに参りましたぞ」

　道長さまが冗談を言いながら入って来られました。昨夜のことがあり、まるで皮肉を言われているようで香子は凝っと身を縮めて居りました。『枕草子』に書き留められた道隆さまも大変闊達な方であられたようですが、その弟御の道長さまも、血筋は受け継いで居られるようでございます。ただ、清少納言が書き留めた道隆さまの性格は、大らかで、あっけらかんとしている、それに引き替え道長さまの方は、太っ腹のなかに一筋縄ではいかぬ凄みがひそめられているように思われました。

――清少納言が単純に捉えたものを、わたしが妙に僻みっぽく眺めているのかしら。しかし、道隆さまと道長さまはやはりちがう。そのちがいが、定子さまと彰子さまに通じるちがいになっているかもしれない。

　香子が平伏した胸のなかで反芻しているのは、そのことでございます。彰子さまについて、香子が知っている噂話と言えば、帝が笛を遊ばされたときのことでございます。帝は笛のお上手とかで、彰子さまが入内なされた早々の頃、まだ少女のこの姫宮をどう扱ってよいか分からず、笛を吹いてお慰めなされたのだそうでございます。ところが帝が笛を吹いていらっしゃるのに彰子さまはそっぽを向いたまま。堪りかねて帝が、私が笛を吹いているのだから、こちらをごらんになってくださいよ、と仰せられたところ、笛は聴くものでは見るものではございません、とお返事なさって、幼いひとに一本やられたよ、と帝が苦笑いなさったとか。清少納言の筆の向こうから現われる、おっとりした、しかし類いない優しさで相手を包むような定子さまとはちがい、才気走った、幾らかお撥ねの気味のある方なのかもしれない……。

「そんなに俯いてばかりいないで、お顔をあげなさいな」

優しい声は北の方の倫子さまでございます。

「『光る君の物語』の筆は進んで居りますか」

——ああ、また「物語」のことだ。

香子はうんざりしましたが、ここは昨夜の二の舞いをしてはならないところでございます。ただただ恐縮の態でいますと、今度は道長さまが、

「何か、まだ書き直しをすると、中宮さまに申しあげたそうだが」

と仰言るではありませんか。

——昨夜の話が、もうお耳に入っている。そりゃ、父娘でいらっしゃるし、こうして御自分の生家で暮らして居られるのだもの、何によらずお話が通じてしまうのは当然のことだろうけれど……。

愈々身の置き場もない思いで、とにかく黙っているに限ると視線を膝の先に落としたままで居りました。話の継ぎ穂が無くなって、場が白けそうになったのを敏感に察

しられたのか、倫子さまが、

「ああ、そうでした。呼び名を、まだ伺っていませんね」

と、香子にできるだけ口を開かそうと気を遣って居られます。しかし、香子にとって、これも答え難い問題でございます。口ごもっていますと、弁のおもとが側から助け舟を出しました。

「父君の官職から、藤式部にしていただこうか、という話になったのでございますが」

「わたしが、紫式部がいい、って言いましたの」

中宮さまがいきなり横合いから口を挟まれました。少し意地になっていらっしゃるようで、困ったな、と香子は思いました。

「紫式部、――ああ、若紫の巻からとったのね。いい名前じゃありませんか」

倫子さまが頷かれました。

「ふうむ」

道長さまは小首を傾げられました。

「女房名としては何やら落ち着きが悪いが、中宮さまのお抱えなのだから、中宮さまの思召しの通りでよろしいでしょうな」

それであっさり片がつきました。しかし、

「中宮さまのお抱えなのだから云々」

の道長さまの言葉は香子の胸に突き刺さりました。これが宮仕えなのだ、という苦い気持ちと、この方を主人として、果たしてうまくやって行けるだろうか、という不安が同時に拡がってまいりました。そのとき、周囲の空気が少し改まったのが感じられました。人びとが居ずまいを直す気配が伝わって来ました。

「帝が、お渡りになられました」

倫子さまが香子を促されます。

「紫式部どのは御挨拶なさいませ」

――えっ。帝が……。

香子は動悸がして、唇が乾いてまいりました。帝に直接お会いするなどとは考えてもいませんでした。

――『枕草子』には書いてあったけど……。

またしても、いまいましいけれど、清少納言でございます。香子の内裏に関する知識の出所は『枕草子』だけでございますが、それに、初出仕の日のことが書かれていたのをすっかり忘れて居りました。あのときも帝が、こうして早々とお出でになったのだったろうか。それがあいまいでございます。致しかたなく、ただただ額をすりつけて居りますと、倫子さまが笑いながら、

「式部は、ずいぶんと人見知りをする性質(たち)ですね」

と仰言います。それから、気配で、帝に向き直られたのであろうと察しられたのですが、

「藤原為時の娘で、紫式部と申します」

と、紹介してくださいます。香子は、顔をあげないで、更に深くお辞儀をしただけでございます。

「紫式部、ですか」

帝の御声は思ったより若々しく聞こえました。それもそのはず、長い御在位なので錯覚していましたが、まだ、二十四、五歳でいらっしゃいます。

「中宮さまが、『若紫』の巻に因んで、おつけになりました」

道長さまが、すかさず仰言います。

「ああ、そうですか」

帝は、ゆったりと頷かれたようで、

「中宮の好みで、床しい名ですね。どうも、男は、同じ『物語』を読んでも、固苦しいところに興味が向いて行きますね」

と仰せ出されます。

「ほう、帝も、あの『光る君の物語』をお読みになりましたか。固苦しいとは、どういう意味でございますか」

道長さまが面白そうに先を促されます。

——もう、一刻も早く、『物語』の話から逃れたいのに。

香子は、いまにも泣き出しそうになる自分自身を辛うじて押えて居りました。

「私は、このひとの『物語』は、どうも『日本紀』を踏まえているような気がしてならない。きっと、そのような書物を沢山読んだのだろうと、それが女性であるだけに、ひどく興味がありました」

『日本紀』と申しますのは、正統の『日本書紀』をはじめ漢文で書かれた国史、『文徳実録』『三代実録』などなど六国史をすべて包括いたします。もちろん、香子は為時どのの手ほどきで、それらの書物のほとんどに目を通しましたが、参考にした覚えはございません。しかし、読む人がそのように感じとるということは、自然に、発想のなかに採り入れていたのでございましょうか。

そう言えば、為時どのが、これは『古事記』に対抗する「物語」だと力説されたことがあります。男の物の考えかたは女とはまた違った場所から出て来るものだと、そのときは驚きながらも何やら嬉しく、父君の薫陶のおかげと感謝の気持ちもこみあげ、自分の「物語」が男性にも読んでもらえる、女、子供のもてあそびものの「虚物語」ではないと自信も持ちました。いま帝が、為時どのと同じ意味のことを仰せ出された……。

香子は目くるめく思いに前後を忘れそうになりました。『光る君の物語』を書き始めた頃にはその意図はございませんでした。しかし書き進めるうち、『竹取物語』や『落窪物語』のようにではなく、『かげろふの日記』のようにでもなく、と発想したこととは別の、ある大きな力が動き出したことは感じとっていました。それは「光る君」を皇子にし、おおよその設定を醍醐帝の頃と定めたとき、動き始めた力でございます。

——この頃の帝は、古代の帝とは異る。それは、おそらく婚(まぐわい)の形態が変化したからにちがいない。その転換点を、わたしは『竹取物語』の赫耶姫(かぐやひめ)に見ようとして……。

「式部は、本当に無口なのですね」

倫子さまの笑い声が降って来て、香子は、はっと我に返りました。他事(よそごと)を考えていたわけではありません。帝へ、何と御返答したものかと、心のなかで案じているうちに、自分自身の物思いにのめりこんでしまったのでございます。しかし、頭の上では話はどうやら別の方向に進んでいるらしく、道長さまのいちだんと大きな声が飛びこんでまいりました。

「そうなのですよ、あのときの帝の御配慮は素晴らしかった。私めは、がさつでございまして、一向に学問の値打ちなども分からず、ただただ、帝の仰せに従ったままでですが、最近になって、ようやく、その蒙のとれる思いで……」

――ああ、あのことを仰言っているのだ、父君の越前赴任の経緯――、帝が父君の申し文に感動なさって人事異動の変更を仰せ出された……。

道長さまが仰言るまでもなく、それは覚えている香子でございます。宮仕えにあがる前日に、父君からも言われて居りました。

「私のような身分の者は、遂に一生に一度も帝と直接口を利いたりすることはないだろうが、中宮さま付きの女房ともなれば、あるいは、そうした機会に恵まれるかもしれぬ。その折には、この父が恐懼感激していたことを伝えてほしいね」

その機会がいまだとは分かりましたが、香子は口が粘って声が出ません。ただただ頭を下げているうちに話題は早くも変わってしまいました。

「そう言えば、故定子さま付きの女房に、清少納言という女学者が居りましたが」

と道長さま。

「『枕草子』でございますね」

倫子さまが相槌を打たれました。

「さよう」

道長さまは大きく頷かれました。

「帝は清少納言をよく御存知と思いますが、帝の御読みになった印象で、『枕草子』と『光る君の物語』と、どちらが学識が深うございますか」

「さあ、困った質問だ」

帝は苦笑いなさいました。香子にも道長さまの意図がはっきり伝わって来るだけに、嫌な気分になりました。道長さまが、定子さまの御生存中、異様なまでの対抗意識で彰子さまの後宮をつくりあげて来られたことは誰しもの知るところでございます。その定子さまがお亡くなりになったいま、対抗するものは、定子さまとのあいだに儲けられた四人の御子たちに対する帝の愛憐だけ、と香子には見えるのですが、どうやら道長さまは、故定子さまの後宮の価値そのものを凌ぎたいと思っていらっしゃるようでございます。その道長さまにとって、調度品や内裏の造り、女房の数や装いなどでは凌駕できたけれども、ただ一つ残っているのが清少納言を中心に築きあげられた、あの深い学識に裏打ちされた、華やかな機知の飛び交う宮廷というものでありましょう。

――それをまた、生き生きと『枕草子』が書き留めたから、いつの世にも古びない形で残ってしまった……。

帝は本当に困られたのでしょう、真剣な表情で言葉を捜していらっしゃいます。

「そうだね、清少と紫では、学識の表れかたが異るみたいだ」

そこで、言葉を切り、しばらく、また考えこまれました。

「清少の学識が動であれば、紫は静だ」

「はあ、なるほど」

道長さまは不得要領の頷きかたをしていらっしゃいますが、香子は帝の鋭い観察に驚きました。藤原家内部の権力争いの渦に捲きこまれた傀儡的な存在に過ぎないと、内心幾らかみくびって居りました帝の意外な面を発見して、香子は身内が竦みそうになりました。帝はそこで、にっこりなされて、

「ただ動くものは、軽くなるというのも事実でしょう。深い浅いで言えば、紫の方が深いだろうね。私自身の好みで言えば、清少の学識は愉しかったが、紫の学識はどうかな、少し恐いところがあるよ」

「ほう、それは凄い」

道長さまは帝のお答えに大満足の御様子で今度は中宮さまの方へ向き直られました。

「そこで、これほどの学者の女房をお持ちの中宮さまにお願いがございますが……」

学者、学者と言われる度に、身の縮む思いの香子ですが、今度はまたどのような話の展開になるのやら、逃げ出したい思い一杯で居りますと、最近、この邸内に文殿を設けた、しかしなかなか整理が捗らないので、式部に少し手伝ってはもらえないか、と言うことでございます。

――文殿……。

道長さまが、沢山の献本をここに蔵して居られることは、為時どのから聞いて居り

ます。収集癖が昂じて、献本だけではあきたらず、態のよい捲きあげも数多くあったようでございます。

「あれだけ多忙な御仁が、あれだけの書を読まれる時間は無いにきまっている。ただの虚栄から集めて居られるのなら勿体ないことだ」

しかし、その収集された書物を、整理にかこつけて読むことが出来れば、これに越したことはありません。

「それは素晴らしい思いつきでいらっしゃいますわ」

中宮さまの華やかな声が響きました。

「きっと式部なら、立派にお役目が果たせましょう。それに、このように学識のある女房に、髪を梳れだの、膳部を運べだのとは申せませんもの」

――ああ、また困ったことを口走ってしまわれました。

こうした特別扱いが他の女房たちの反感を買うであろうことは分かりきっています。しかし、現在、自分の置かれている立場がこれしかないのなら、乗り切って行かねばならないのでしょうか。

次の日は大晦日で、どうして暮らしたか、香子は、はっきり覚えて居りません。迎春準備に追われる女房たちのなかに混じって、新参者が何をしてよいか分からず、ただ、うろうろとして居りました。

明けて寛弘三年の正月、香子は初めて接するきらびやかな宮廷行事のさまざまに、物語作者の貪欲な取材の目をきらきらさせて過ごしました。三日は歌会。新参の女房ですから、まだ重だった仕事をしなくても済み、早目に部屋に引き取らせてもらいました。

暮れの二十九日に出仕してから五日目、片時も心の安まる暇のなかった香子は、やっと戴けた休息の時間に、衾を引き被いで、うとうとして居りました。同室の弁のおもとはまだ帰らず、部屋は香子一人でした。遠く、渡殿の向こうでは、正月の酒に酔っているらしい若い公達の甲高い声、それに混じって女房たちの嬌声も聞こえてまいります。

「…………」

香子は、戸口に、ふと、ひとの気配を感じて起きあがりました。

「弁のおもと？」

しかし、気配は返事をしません。どうやら男のようでございます。清少納言が内裏の細殿のことを「昼も油断なく緊張していなければならないが、夜はいっそう心を許してはいられない」と書いているのは、このことだったかもしれない。ましてここは内裏ではなく、火事のための臨時に道長公の私邸を使用して居られる里内裏でございます。女房たちの局は急ごしらえで、戸はなく几帳と屏風で区分けしているだけなのです。

「誰？」

香子は身構えて上半身を起こしました。

「私だ」

押し殺した声は道長さまでございます。

——殿が、このような時刻に？

何か火急の用でもと、身づくろいしながら褥を滑り出そうとする香子を、素早い動作で道長さまは押し戻されました。

「あ」

香子は声をあげそうになり、やっと自制しました。

——何をなさるのでございます。

とは、さすがに申せません。無言で、激しく頭を振りますと、道長さまは物馴れた女扱いで羽交いじめなさいまして耳の後ろから熱い息を吹きかけて囁やかれます。

「何や彼やと忙しく、五日も我慢していたのだよ。やっと今宵……」

「…………」

香子は惑乱の極みに居りました。すでに三十も三つ、四つ越した女に、いかに男女関係の自由な後宮だとて、言い寄る男はあるまいと思っていましたし、たとえ言い寄る男があっても、拒み通せばそれで良いのだと自分自身の態度を定めて居りました。しかし、まさか道長さまがいらっしゃるとは……。

そのとき、部屋の外に足音が停まりました。弁のおもとが帰って来たにちがいありません。救われた、と香子は思いました。

「弁のおもとが……」

言いながら道長さまの腕をすり抜けようとしますと、逆に強く抱きかかえられました。そして立ち竦んだ弁のおもとに聞こえるようなはっきりした声で仰言るのです。

「まろは、皆人にゆるされたれば、召し寄せたりとも、なんでふことかあらむ。ただ忍びてこそ（私は、何をしても誰からも許される人間ですから、人を呼んでも無駄ですよ。凝っとしていらっしゃい）」

『光る君の物語』のなかの言葉です。

――朧月夜の君をいきなり襲った源氏の君が言うのです。

香子は、不意に全身の力が脱けるのを覚えました。

――何ということ……。

道長さまは抵抗を止めた香子を荒々しく拉いで来られました。香子の身体の奥から頭の奥へ、突き抜けるような快感が何度も何度も走りました。宣孝どののまぐわいは、年齢のせいもあり、執拗でしたが穏かなものでございました。それに比べて道長さまは、まだ四十という男の壮りでいらっしゃるせいか、香子の身体に挑むように御自分をぶっつけて来られますので、初めの抵抗はどこへやら、香子は道長さまにひしと縋りついて一緒に燃えあがりました。

終わったあと、道長さまは満足そうに額の汗を拭われてから、

「嫌々ながらいいなりになったのかと思ったら、式部も案外好きものなんだなあ」

とにやりとされました。

——案外、好きもの……。

香子は、足許へ血がすっと引いて行くのを覚えました。

「明日の夜も来よう。いいね」

道長さまが上機嫌でお帰りになったあと、香子は言うに言えぬ屈辱の思いを味わっていました。道長さまの言葉に、立ちあがれないくらい傷ついて居りました。

——恥ずかしくて、弁のおもとの顔が見られない。

そんなふうにも意識が動いて行きました。弁のおもとが帰って来ないのは、きっと道長さまに対して気を利かせたのでしょう。

——弁のおもとの帰って来ないうちにここを出よう。

突然に、そう思いました。そう思うと、その他の考えが出来なくなりました。暗闇のなかで、凝っと宙の一画を眺めながら、香子はだらだらと涙を流しました。

複雑な気持ちでございました。他人に説明したところで理解してもらえるとは思いません。道長さまという権力者に、いやいやながら押さえつけられ、致しかたなく関係を持った自分なら、香子は、それを自分に許したと思います。また、初めから好き心があって、たとえば先年まで、口さがない京童(きょうわらわ)の噂話の種になっていた和泉式部、弾正宮(だんじょうのみや)さまと帥宮(そちのみや)さまの二人を手玉にとって、臆するところのない恋歌を詠みあげている和泉式部のように、初めから好き心があって道長さまと燃えあがったのならまだしも、香子は、そんな自分を自分に許したと思います。

——けれども、これは、何という様(ざま)なの。

自分の意志と身体が別々の方向に走り出した事態を、香子は恥ずかしく思ったのでございます。ここ土御門殿(つちみかどどの)から香子の家は至近の距離でございます。夜さえ明ければ、車など用意させずとも女の足でも走って帰れます。

——里へ帰ろう。

香子は身仕度を整え、空の白むのを待ちました。年が明けてからは、急速に朝が来るのが早くなるのですが、それさえ今朝はひどく遅いように思われ、じりじり致しました。待ち切れず、暗い廊下に出て、一人座って居りましたら、あちこちの局で朝早く帰る男の気配が致します。

——顔を見られてはまずい。

と、そっと手探りに庭に下り立ちました。庭に下りると、思いの他、外は明るく、これなら大丈夫、邸内は脱け出せそうでございました。心覚えの植え込みを通り裏門のところへまいりますと、横手の枝折戸(しおりど)が半開きになって居ります。素早くすり抜けて、風の冷たい東洞院大路と土御門大路の角へ出ました。あとは土御門大路を東へ、高倉小路、万里小路(までのこうじ)、富小路と辿れば東京極大路の為時どのの邸の古びた門が見えてまいります。

「まあ、香子さま――」

部屋に駈けこんで、そのまま御簾のなかへ走りこんだ香子を追いかけて来たのは乳母でございます。

「どうなさいましたのですか。こんなに朝早く」

「まずお水をくださいな」

香子は掠(かす)れた声で言いました。

「お顔色が青うございます。御病気じゃありませんか」

「お水をくださいな」

香子は繰り返しました。

「本当に、何があったのでございますか」

乳母は心配のあまり座ることも出来ず、この寒さに、たて続けに水を二杯飲む香子をおろおろと眺めて居りました。

「何でもないわ。少し眠らせて」

言うなり衾を引き被いで眠ってしまいました。道長さまに燃えあがらされたあと、まんじりともしなかった香子でございます。疲れが一時に出て、昼過ぎまで眠りこけてしまいました。

ふと気がつくと、枕許に心配そうに賢子が座っています。五日ばかり留守をしただけなのに、もう幾日も出会っていないような気がして、香子は、思わず強く娘を引き寄せました。

「母君が、泣いていらっしゃる。早く来て」

賢子がふいに怯えたように廊下に走り出て乳母を呼びたてました。邸全体が、香子の異様な行動のせいで、落ち着かなくなってしまっています。

「香子さま――」

乳母が御簾の外から呼びかけました。

「父君が、ひどく御心配でいらっしゃいます」

それはそうだと思います。十五、六の娘ならともかく、三十を三つ、四つ越した分別ざかりの女が、五日で宮仕えを逃げ出して泣いている、お話になりません。香子は硯を引き寄せました。あの経緯を父君に直接説明することなどは出来ません。歌に詠んでお見せしたら、あるいは察してくださるかもしれない……。

身のうさは　心のうちに　したひきて　いま九重ぞ　思ひ乱るる

〈――宮仕えに出ても、わが身の歎きは、心の中について来て、いま宮中で幾重にも乱れてしまったのです〉

いま突然、宮中で嫌なことがあったのではなくて、もともと、自分の心のなかにあった歎きが、この華やかな宮中の生活を見て、急に噴き出して来たのです、と父君に訴えてみたのです。

「歌は読んだよ」

父君はすぐに香子の部屋に入っていらっしゃいました。

「しかし、いま、中宮さまから、内々のお使いの方が見えて、どうしたことなのか、とお質ねだ。この歌を奉るかね」

「いいえ」

香子は慌てました。こんな失礼な歌をさしあげたところで、言い訳にも何にもならないことは分かっています。こうなれば、弁のおもとの友情にすがるしかありません。

彼女は事の経緯のおおよそを知っているはずでございます。香子は、弁のおもとに宛てて筆をとりました。

閉ぢたりし岩間の氷　うち解けば　をだえの水も　影見えじやは

〈――岩間を閉ざしていた氷が春になって溶けましたら、途絶えていた水も流れ出して、そこに影がうつらないでもありません。あなたが打ち解けてくだされば、出仕しないことがないとは限りません〉

もちろんこれでは、弁のおもととの気持ちの齟齬が原因と取られる危険性はありますが、そこを分かってください、と裏に彼女の友情に賭ける気持ちを忍ばせました。弁のおもとは、すぐに返事をくれました。

みやまべの　花吹きまがふ　谷風に　結びし水も　解けざらめやは

〈――山辺の花を散り乱す谷風に、固く閉ざしていた氷が溶けないことは決してありませんもの。中宮さまのあたたかなお心で、あなたの氷も溶けると思

いますよ〉

中宮さまのお気持ちを忖度なさいませよ、と言外に、道長さまのことを匂わせる、弁のおもとの世馴れたあしらいに、香子は感謝いたしました。しかし、弁のおもとに感謝する気持ちと、もう一度、あすこに出かけて、道長さまを受け入れる気持ちとは別でございます。

――もう一度道長さまが訪れて来られたら、きっとわたしは身も蓋もない行為に出てしまいそうな気がする。

それがむしろ不安な香子なのでございます。もう少しこうして里居して道長さまの出方を見ようと度胸をきめてしまいました。弁のおもとがどのように言いつくろってくれたのか、それから四、五日して、中宮さまから、

「春の歌を奉るように」

とお達しがありました。こういう形で出仕を促してくださっているのだと分かってはいましたが、やはり出かけないで歌だけ差しあげました。

みよしのは　春のけしきに　霞めども　結ぼほれたる　雪の下草

〈――雪のよく降る吉野山も、今は春の気配に霞がかかっているでしょうに、
わたしは雪に埋もれて芽も出せない下草でございます〉

一応、中宮さまのあたたかいお心を期待しますと詠みあげはしたものの、何とも暗い歌になってしまいました。春の賀歌を奉らなければなりませんのに、何という陰気な女だろうと、眉をひそめられるにちがいないと思いながらも、香子は歌を献上してしまいました。

「もう、いったい何をお考えやら」

乳母をはじめ、侍女たちの非難の声がうるさいので、香子は、とにかくと「物語」に手を入れはじめました。

――「明石」の巻までは、もう直しのない本にしとうございます、と、それを理由に里居を続けよう。

そう決心したのでございます。為時どのはそんな香子をどのように思って居られるのか、三月四日、東三条第の花の宴に献詩なさるため出かけられたのですが、香子には一言も声をかけずに参内なさいました。花の宴は、御所が東三条第から一条院に移るための名残りの催しものでございました。為時どののお話では、完成した宮中には二月末からすでに右大臣顕光さまの御女元子さまが承香殿にお入りになって居り、道

長さまとしては気の揉めることが殖えたのだそうでございます。

「『物語の手入れは、出仕していてはできないのかな。できるだけ気を散らさないように配慮はするが』と勿体ない仰せだったよ」

それから、香子の目を覗きこむようにして、

「道長公は、帝の御気持ちを彰子さまのところに始終留めておくためには、どうしても彰子さまの後宮を魅力のあるものにしなければならないと、お前の出仕を懇望して居られる。それが分かるだけに、私も辛いよ」

と溜息をつかれました。

――できるだけ気を散らさないようにする、というのは、もう決してあのようなことは仕かけないという道長さまの謝罪なのだろうか。それなら、これ以上の譲歩を道長さまにおさせするわけにはいかない。

香子がそう決心致しましたとき、その決心を追いかけるように、弁のおもとから歌がまいりました。

「いつ参内なさるの」

と懐しげな詞書もついて居ります。

うきことを　思ひみだれて　青柳(あをやぎ)の　いとひさしくも　なりにけるかな

〈――あなたは、あのいやなことに思い悩まれてお里下りなさったけど、それにしてもずいぶん長くなってしまいましたのね。でも、そろそろ出ていらっしゃいませよ〉

――そうね、そうしてもいい。

香子も、そろそろという思いをこめて返歌を詠みました。

つれづれを　ながめふる日は　青柳の　いとどうき世に　みだれてぞふる

〈――長く降り続く雨をぼんやり眺めている退屈な日には、いやなことが一層いやなことになって思い悩んでしまうのです。いっそ、参内した方がいいかしら〉

すると間髪を入れず中宮さまからお迎えの車がまいりました。

――結局は、こうして権力には逆らえず流されて行くのだわ。

香子は暗い気持ちのまま、車に揺られて御所へ向かいました。

第四章　道長・恋と空しさ

新築成った内裏(だいり)はきらきらしく眩(まぶ)しく、香子(かおるこ)は以前にもまして物怖(ものお)じして、俯(うつむ)き勝(が)ちに中宮さまの御前に進みました。一応それが礼儀と考え、「明石」までの決定稿を越前紙に心をこめて書きあげたものを中宮さまに差しあげました。

「まあ、嬉しい。これが、もう直しのない『光る君の物語』なのね」

「はい、この際、『物語』の題も決定したいと思いまして、『竹取物語』『伊勢物語』などという命名の仕方にならって、『源氏物語』としたいと存じます」

「『源氏物語』――、これからは、そう呼ぶのですね」

中宮さまは無邪気にいそいそしていらっしゃいましたが、あのことは御存知なのでございましょうか。前と少し様子が違って、ひどく打ち解けて見えるのは、あのことを知っていらっしゃるとも思えますし、何も御存知ないとも見えます。

しかし、変化は香子自身にも起こって居りました。中宮さまが以前のように遠く感じられません。圧倒されているのは周囲の調度や建具の真新しさであって中宮さま御自身ではないのです。これは不思議なことでした。道長さまとの関係が、香子にこのような変化を起こさせたのでしょうか。

「内裏にまいりますと、また色々な問題が出て来ますが、嫌なことがあれば遠慮なく申し出て来てくださいね」

中宮さまはにこにこしながら、

「式部のように学識のあるひとは嫉まれますから、一々ひとの言うことを気にしないことね」

と仰言います。

――弁のおもとがそんなふうに言いなしてくれたのかしら。それとも中宮さまは、本当にわたしが女房たちに苛められて、それが嫌さに里帰りしてしまったと思いこんでいらっしゃるのかしら。そりゃ、こんな勝手な宮仕えの遣りかたで、人の嫉みを買うのは当然だけれど、わたしはこれしきで挫けるような弱い神経の持ち主ではない……。

「内裏の女房、左衛門の内侍が式部さま苛めの急先鋒でございます」

弁のおもとが溜息まじりに愚痴ります。内裏の女房が事ある毎に中宮さま付きの女房を悪しざまに言うのは、どの世界にもある勢力争いでございますから致しかたありません。内裏の女房は公の官職を持って居り、宮廷のいわば女役人でございますが、香子たち中宮付きの女房は、中宮さまがお雇いになっている私的な使用人でございます。地位の上からは内裏の女房が威張って居りますが、実際の権力は中宮さま付きの方にあるのは当然で、それが気に入らないこともございましょう。その内裏の女房左衛門の内侍が香子に「日本紀の御局」と綽名をつけて、

「ひどく学問を鼻にかけてる人よ」

と殿上人に触れ歩いているというのでございます。

「日本紀の御局？」

香子は唖然といたしました。宮仕えは五日ばかりでございます。それも土御門の東三条第にいただけで……。

「ほら、初めてお目見得のとき、帝が『源氏物語』には六国史が踏まえられているように思うが、と仰せられたことがございましょう。そのお言葉が、妙な工合に内裏に伝わったと思われます」

弁のおもとが横から説明してくれます。

「でも、前以って知っておく方がよろしゅうございますよ。他人がひそひそ囁いているのは不愉快なものですもの」

「あまり長く里居するからですよ」

中宮さまはそのような中傷など意に介さぬふうに冗談めかして仰言います。

「陰口が嫌なら、ずっと出張って、目を光らせていることね」

しかし、香子の性格としては、そうはまいりません。

——日本紀の御局、だなんて、学問をひけらかす、だなんて。実家の召使いの前でも漢文など読めないような顔をして暮らしているのに……。

くよくよと、またしてもこの場から逃げ出したいような思いで居りますと、

「やあ、やっと出て来たか」

大きな声がして道長さまが入って来られました。

「………」

香子は、はっと背筋が強ばるのを覚えました。出仕するからには、道長さまとの再会は覚悟の上でございます。考えられ得るかぎりの対応の仕方も用意して来た香子でございますが、道長さまの何気ない視線のなかに、ふと、温かい包みこむような色がたたえられているのを感じて、何故か気持ちが和みました。

「ほう、『光る君の物語』か」

と献上したばかりの越前紙の清書本を手に取られました。

「『明石』の巻まで、もう直しはないそうで『物語』の題も『源氏物語』と決定しま

した」

中宮さまは、まるで自分のことのように誇らかに報告なさいます。

「ふうん、『源氏物語』——か。後世にまで伝わりそうな風格を持っているね」

「さようでございましょう。わたしもそう思います」

中宮さまは、こういう話題がお好みらしく、生き生きと目を輝かせていらっしゃいます。香子は最初にお会いしたときの印象を思い起こしました。

——生意気そうに見えるが、この方は、ひょっとして、学問好きなのかもしれない。

「ああ、ここだ、ここだ」

「物語」を翻していらした道長さまが、突然、中宮さまの方に向き直られました。

「宮さまの好きな『若紫』ですが、このようなところがございます。『男君はとく起きたまひて、女君はさらに起きたまはぬ朝あり』。この夜、源氏の君は若紫と契られたのでしょう。そうとは一行も書いてないけれど」

「分かりきったことを父君はお聞きになるのですね」

中宮さまは、またか、と言うふうにあしらわれます。しかし道長さまは大真面目です。

「いや、大事なことですぞ。こんなふうにそれを書かないで男女の関係を分からせてしまう言葉を知っているのは、このひとが大変な好きものである証拠ですな」

言いながら大胆に、正面から、凝っと香子の顔をごらんになりました。

——もう、中宮さまに関係が露れてしまうじゃないの。

香子は、自分の心が一種の余裕を獲得しているのを感じました。

「さてさて、では、この好きものに歌を献じよう」

道長さまは、にやりとして、中宮さまの御前に置かれていた梅の実の下に敷いてある紙をお取りになりました。

「これだ、好きもの、酢きもの」

色ごのみと梅の実を結びつけて御機嫌でございます。

すきものと　名にし立てれば　見る人の　をらで過ぐるは　あらじとぞ思ふ

〈——このような『物語』を書くからには、浮気者という評判も立っているでしょうから、お前さんを見る人で、口説かずにすます人はあるまいね〉

——まあ、何て言う図々しい言いかた。

それでお返しは、空っとぼけてやりました。

人にまだ　をられぬものを　誰かこの　すきものぞとは　口ならしけむ

〈――おあいにくさま。人にまだ口説かれたこともございませんのに、誰が好きものなりと評判を立てたのでしょうね〉

と言ってやりました。けれども、その夜のことでございます。渡殿(わたどの)に寝て居りましたら、しきりと戸を叩く音がします。道長さまだと、すぐに分かりましたが、凝っとして居りました。弁のおもとが心配そうに身体を起こして、

「いいの？」

と小さな声で囁きました。

「わたしは隣の部屋に移るわよ」

「いいのこのままでいて」

香子も、小さな声で答えました。道長さまと、もう一度関係を持つ気持ちは、さらさらありませんでした。そうすると間柄がまるで変わってしまいます。このままでいることが良いのです。

――正月三日のことは、あったような、なかったような……、そんなふうに、ぼん

やりした関係でおいておく方が素敵ではありませんか、道長さま。香子は心のなかでそう呟きました。戸を叩く音は、それから小半刻ばかりも続いたでしょうか、やがて諦めてお帰りになりました。

翌朝、早速お歌がまいりました。

夜もすがら　水鶏よりけに　なくなくも　まきの戸口に　たたきわびつる

〈——昨夜は、あの水鶏の啼き声にもまして、泣く泣くお前さんの部屋の真木の戸を叩きあぐねたのだよ。どうして開けてくれなかったのかね〉

お返しはもちろん、きちんと送りました。

ただならじ　とばかりたたく　水鶏ゆゑ　あけてはいかに　くやしからまし

〈——ただごとではあるまいと思われるほど激しく戸を叩いた水鶏でしたので、戸を開けたりしましたら、夜明けにどんな口惜しい思いをせねばならぬか、それが分かって居りましたので、失礼いたしました〉

——これで道長さまとの生ぐさい関係はなくなる。

香子はそう信じました。わたしと寝なければ、あのかたは落ち着かなかったのだろうけれど、関係が成立することも、お立場上、面倒だと思っていらしたにちがいない。一度目の訪問は、わたしへの、いわば御挨拶みたいなもので、二度目のそれは、御挨拶程度に逃げ出したわたしに、逆にびっくりなさって、踏みこんだ関係にするのか、しないのか、わたしに判断を委ねられたにちがいない……。

それにしても憂鬱な宮仕えの毎日でございましたが、香子は一つの楽しみを見出しました。中宮さまに漢籍の講読をして差しあげることになったのでございます。例の左衛門の内侍の陰口も耳に残って居りますので、一字も読めないような顔をして居りましたら、中宮さまが、

「式部は、どうして自分で自分の生きかたを窮屈にするのですか。人の噂など、どうでもよいではありませんか。わたしは女ですが、漢籍が読みたいのです。手ほどきしてくださいな。女が漢籍を読んではいけない、などという規則はありませんでしょう」

それから、少し恥ずかしそうに、

「帝が、とても漢籍にお詳しいので、わたしがもう少し素養があったら、楽しくお話

ができるのではないかと、それが残念なのです」

とお笑いになる様子がとても愛らしくて、系統だててではないけれど、『楽府』二巻をお教えすることにしたのでございます。

『楽府』と申しますのは白楽天の詩文集で『白氏文集』の巻三と巻四を指します。殿上人のあいだで大流行でございますから、これをお教えすれば、と思ったのでございます。もちろん、こっそりとお教えするのでございます。香子が、このような書を読んでいることは絶対にお隠しになっていてくださいませ、と強く申しあげたので、中宮さまの方も最初はひた隠しにして居られましたが、もともと、香子のように頑なに考えることはお嫌いな性質でいらっしゃるらしく、そのうち帝にも道長さまにも分かってしまいました。道長さまは早速にこれを立派な書家にお書かせになり、中宮さまに献上なさいましたので、香子の持っていた虫喰いの古びた『楽府』ではなく、新しく美しい書物で御進講が続けられました。

「こんなことを、内裏の内侍が聞き知ったら、どんな悪口になるでしょうね」

中宮さまは、むしろ、それが愉快だと言わんばかりの口ぶりなのでございます。

時折、里へ退出したり出仕したりの我儘な勤めを許して戴き、『楽府』の御進講と「物語」の執筆にその年も暮れ、明けて寛弘五年正月の除目に、惟規どのは蔵人に補されました。『源氏物語』はますます好評で、好評に応えて書き継いで行かなければならなくて里居している香子の忙しい日々に惟規どのがふらりとやって来られました。

「姉君、凄い評判ですね。私も鼻高々でございますよ。ああ、そうそう、蔵人になった御礼を申しあげるのを忘れていました」

何だか、昼間から酒の臭いをぷんぷんさせています。香子は眉をひそめました。

「別に、わたしのお蔭で蔵人になった、などということはないでしょう」

「いいえ、姉君のおかげにきまっています。父君も、この頃、何かと道長さまに受けがいい」

香子は取りあわないことにして仕事をして居りました。惟規どのの生活態度には、どことなく危ういところがあります。子供の頃は意志が弱く、何かにつけて人の後ろに廻っていました。青年の頃は父君の不遇もあり、藤原一門の不平分子の一人で、覇気のない自堕落な生活を送って居りました。ところが最近は時を得顔でございます。威張り散らすのではありませんが軽薄に振る舞って、香子は我が弟ながら恥ずかしい思いで居りました。

しかし惟規どのの言う通り、翌寛弘六年には為時どのは正五位左少弁蔵人に昇進なさいました。めでたいと言うべきなのかもしれませんが、その少し前に、藤原一門の謀略にかかって出家せざるを得なくなったお気の毒な花山院さまがお亡くなりになりました。例の道長さまの父君兼家さまが策動なさり、道長さまの兄君道隆さまたちが花山帝を無理矢理出家させてしまわれた経緯は、今日、物忘れし易い人びとの意識からは、そろそろ消えつつあった事件でございましたが、院がお亡くなりになったことで、俄(にわ)かに甦って涙する人も多うございました。藤原一門の横暴がいつまで続くものぞ、と苦々しい思いの方々もいらっしゃると伺いました。香子の家も藤原一門にはちがいないのですが、いまの時を得顔の方々からは傍流なので、権力を私的に手中に納められた道長さまの姿が、むしろはっきりと見えるのでございます。兼家さまから道隆さまへ移り、道長さまの方へ流れて来た権力の推移が見通せるということは、道長さまのお子さま方の代になると、再び権力争いが始まるということなのでしょうか。

そうした時の推移のなかで、中宮彰子さまは懐妊なさいました。今年二十一歳でいらっしゃいますから、ずいぶんと待たれた御懐妊でございます。もし彰子さまに親王さまがお生まれになりますと、道長さまのお喜びは極まりに達すると思われますが、帝には亡き皇后定子さまとのあいだに、すでに第一皇子敦康(あつやす)親王を儲けて居られますので、これが原因で血なまぐさい暗闘が繰り拡げられる可能性もございます。いずれにしましても男たちの権勢欲の飽くなき戦いのなかで道具にされ、犠牲になるのは女でございます。近来、頓(とみ)に進境の著しさを示される彰子さまの学問のお相手をしながら、複雑な思いに沈む香子でございました。

四月中旬、中宮さまはお産のため土御門のお邸(やしき)にお戻りになりました。道長さまは法華三十講を始められるやら、邸内の修繕をなさるやら、大変な意気ごみでいらっしゃいます。

七月十七日、惟規どのが宮中より中宮御見舞の勅使として土御門第にいらっしゃいました。香子の縁に連なる者であることが配慮された人選でございましょう。名誉なことでございます。それなのに惟規どのは振る舞いの酒に酔って泥のようになってしまい、禄をいただいて立ち上がって礼拝すべきところを座ったままお辞儀をし、大恥をかいたのでございます。周囲の人たちは気を遣って、はっきりしたことは申されませんが、香子には分かって居ります。情無さに涙がこぼれました。前にも一度酒の上での失敗があったと聞いて居ります。それでいて女性には大もてで、帝一代のあいだ、未婚の内親王さまが賀茂の社にお仕えになる斎院の、いまは選子内親王さまでございますが、その斎院の女房の中将の君と恋仲であったりするのですから、世のなか、何が何だか分かりません。香子が、どうしようもない駄目男ときめつけている惟規どのにも、どこか良いところがあるのかもしれません。

立秋から、すでに二十日あまり経過しましたでしょうか。秋の気配がいよいよ濃くなって、この土御門のお邸のたたずまいは言いようもなく風情が出てまいりました。池の岸辺のあちこちの木々の梢や、遣り水のほとりの草むらなど、それぞれに色づいて、いちめんの夕映えの空が美しいのに引きたてられて、安産を祈願するお経の声が絶えず聞こえて来るのが香子の心にしみ入ります。

風がようやく涼しくなる頃に、いつもの絶え間ない遣り水のせせらぎが夜通しのお経にまじりあって聞こえます。

中宮さまは、近くにお仕えする女房たちがとりとめない話をしているのをお聞きになりながら、身重で、さぞお苦しいと思うのですが、何気ない様子に取りつくろっていらっしゃいます。

まだ夜明けにほど遠い月が雲がくれて、木の下陰もほの暗いのに、

「御格子をあげなければ」

「女官はまだ出仕していないでしょう」

「蔵人がおあげしなさいよ」

などと言い合っているうちに、夜明け前の後夜(ごや)の鉦(かね)があたりの目を覚まさせて鳴り渡り、いよいよ五壇の御修法(みしほ)が始まります。五壇と申しますのは、不動明王、降三世(ごうさんぜ)明王、大威徳(だいいとく)明王、軍荼利(ぐんだり)夜叉明王、金剛夜叉明王の五大明王を祭って邪気を払う勧修法でございます。盛大な法要で、我も我もと、まるで競争のように張りあげる大勢の僧侶たちの声々が、遠く近く響き渡って、なかなか荘重で尊いものでございます。

終わりますと、観音院の僧正さまが東の対(たい)から、二十人のお供の坊さまを引きつれ

て寝殿へ御祈禱をなさりに参られます。渡り廊下をどしどしと踏みならされる足音が、全く珍しい雰囲気でございます。法住寺の座主は馬場殿へ、浄土寺の僧都は文殿へと、お揃いの法衣姿で、趣向をこらした唐橋を幾つも渡って木の間を分けてお帰りになります。香子が厳粛な気持ちでずうっと遠くまでお見送りして居りますと、さいさ阿闍梨さまも、退出に際して受け持って居られた大威徳明王の壇を拝して出て来られました。

　香子は、このような壮大な法要を見たことがございません。ただただ、感動し、茫然として居りましたら、女官たちが次々と出仕して来て、夜が明けました。

　渡り廊下の戸口にある部屋で外を眺めて居りますと、薄っすらと霧がかかった朝の、露がいっぱいの庭を道長さまがお歩きになっていらっしゃいます。何やら、お供の者を呼び寄せて、遣り水のごみなど除かせていらっしゃる御様子でございます。香子に御気付きになったのか、廊下の南に女郎花がまっさかりに咲いているのを一枝折られて、部屋の几帳越しに差しかざされました。

「あ」

　その御姿はとてもご立派に見えました。それに引き替え自分の朝の寝呆け顔が恥ずかしいので、

「この花の歌を手間どっては興を殺ぐねえ」

と急がされたのにかこつけて、顔を隠して硯(すずり)の側へにじり寄りました。

女郎花　さかりの色を　見るからに　露のわきける　身こそしらるれ

〈――露に美しく染められた女郎花の盛りの色を見ますと、露が分けへだてして、美しく染めあげてくれないわたしの醜さが身にしみて感じられます〉

「とにかく」

と差し出しますと、

「やあ、早いねえ」

笑って御覧になっていましたが、

「では、こちらも硯――」

と仰言います。すらすらとお書きになったのは、

白露は　わきてもおかじ　女郎花　心からにや　色の染むらむ

〈――白露は、何も分けへだてして置いているわけではあるまい。女郎花が美

しい色に染まっているのは、きっと自分が美しくなろうとする心ばえで美しくなっているのだろう。あなたも、そうだよ〉

香子は、几帳のなかで繰り返しそのお歌を読みました。朝まだきの、幸福なひとときでございました。

八月二十日を過ぎると、上達部、殿上人などは泊まりが多くなりました。廊下の橋の上や廂の間の外の濡れ縁などでうたた寝したり、琴や笛などをとりとめもなく演奏したりして夜を明かすのでございます。その頃になりますと、長年実家に下っていた女房たちも思い立って参上し、お邸の内は、いやが上にも騒がしくなってまいります。

八月二十六日、中宮さまは香を調合し終わって、女房たちにもそれぞれに分けてくださいました。

九月九日の夜、中宮さまは、この香を取り出して出来工合をおためしになっていたのですが、いつもより苦しそうな御様子にお見受けいたしました。あるいは、と思いましたが、香子はそのまま自室に退がりました。うとうとした頃、真夜中でしたでしょうか、産気づかれた、と人びとの騒ぐ声が聞こえました。

急いで参上いたしますと、まだほのぼのと空の明るむ頃に、御座所の設備が真っ白に変わりました。道長さまはじめ、御子息や四位、五位の方々が、あれこれ指示しながら御帳台の垂れ絹をかけたり御茵を持ち運んだりなさるのがひどく騒がしゅうございます。中宮さまは一日中、不安そうに起きたり横になったりしてお過ごしになっています。

お産に際して、中宮さまに取り憑いた御物の怪を、憑坐の若い女性に駆りたてて移すための御祈禱が始まりました。祈りあげる修験者たちの声の騒がしいこと、騒がしいこと。ここ数か月来、大勢詰めている僧たちは言うに及ばず、諸国の山々寺々を尋ね求めて、修験者という修験者が一人残らず参り集まって祈るので、現在、過去、未来の三世に渡って在しますという仏さまたちも、こう呼びたてられては、どんなに急いで飛んで来られることか。また陰陽師といって、吉凶を占い、天地の神に祈って悪霊を払う神官たちも全員集合して祈るので、八百万の神々も耳を振りたてて聞かないわけにはいかないのではないかしらと思われます。

大騒ぎのうちにその夜も明けますと、御帳台の東には帝から遣わされた内裏の女房たちが集まって居ります。御帳台の西には御物の怪の乗り移った憑人を、めいめい一双の屏風で取り囲み、その口もとにそれぞれ几帳を立てて、修験者が一人一人を受け持ち声高に祈って居ります。南には貴い僧正や僧都さまが幾重にも座っていらして、まるで不動明王の生きた御形を今にもここにお呼び出し申しあげそうな勢い、頼んだり、恨んだり、声が一様にかれはててしまっているのさえ、全体の雰囲気のなかで大層尊く聞こえます。北の御帳台と障子の大変狭苦しい場所には、あとで数えてのことでございますが、四十何人もの女房たちが居りましたのです。少しも身じろぎできず、のぼせあがって何が何だか分からない始末。たったいま実家から駈けつけた女房などは、とてもなかに入りこむことができず、裳の裾や着物の袖がどこへ行っているのかも分かりません。主だった年輩の女房などは、御容体を案ずるあまり、おろおろして、声を忍ばせて泣いています。

十一日の明けがたには、北の障子を二間開け放って中宮さまは北廂の間にお移りになりました。御簾などかけるいとまがないので、御几帳を幾重にも重ねて立てて、そのなかにおいでになります。観音院の勝算僧正さまはじめ、みなみないらっしゃって加持なさいます。興福寺の定澄僧都さまが、道長さまが昨日お書きになった願文を読みあげられ、道長さまも御一緒に仏様の加護を祈念なさるのが頼もしく、いくら何でも大丈夫だろうとは思うものの、何だか悲しくなって誰もが泣き出し、「縁起が悪い」「こんなに泣くなんて」と互いに戒めあいながらも、涙を止めることができないで居ります。

しかし、こう人が多くたてこんでは、中宮さまも御気分がお悪いだろうと、道長さまは、女房たちを南面の間と東面の間にお出しになって、どうしてもお側にいなければならない者だけを控えさせられました。北の方、乳母になられる予定の讃岐の宰相の君、産婆役の内蔵の命婦。御几帳のうちには仁和寺の僧都の君、三井寺の内供の君もお召し入れになりました。道長さまが万事に大声で指示なさる声に、僧たちの声も圧倒されて消えてしまったようでありました。

あまりにお産が長びきますので、中宮さまの、御いただきの御髪を少しおろし奉りました。御剃髪というのではありませんが、受戒なさることによって、その功徳で安産であるよう祈るのでございます。

さて、いま、お産みになるというとき、御物の怪が憑坐の口を通してねたみ罵る声が一層恐ろしく聞こえました。憑人の女官、監の蔵人には心誉阿闍梨さま、兵衛の蔵人には何とかいうお坊さま、左近の蔵人には法住寺の律師さま、宮の内侍の局の宰相の君にはちそう阿闍梨さまとか、それぞれ担当して御祈禱するのですが、宰相の君は物の怪に引き倒されて大変でした。そこで、念覚阿闍梨さまを加えて、さらに大声で祈ったのでございます。阿闍梨さまたちの御祈禱の効果が弱いのではなく、御物の怪がとても手強いのです。宰相の君の祈禱師には、さらに園城寺の叡効さまを加え、一晩中祈り明かして、もう誰も彼もの声がかれはててましたとき、正午、空が晴れて、まるで朝日が昇って来るような気持ちになりました。

御安産でいらっしゃる嬉しさが比べようもないのに、その上、男でさえいらっしゃいました。この喜びは尋常、一通りの言葉では表現できません。昨日は泣き暮らし、今朝ほども秋霧のなかで涙にむせんでいた女房たちも、それぞれ御前から引きとって休息します。中宮さまのお側には年輩の、こうした場合にふさわしい者がお付き添い致します。

道長さまも北の方さまも、あちらのお部屋にお移りになって、幾月も御修法、読経にお仕えした坊さま方、また、昨日今日、大急ぎでお召しになった僧もふくめて、御布施を賜り、医師、陰陽師など、それぞれの道の効験(こうげん)のあった者たちにも御祝儀がくだされます。

御へその緒をお切りになるのは、道長さまの北の方倫子(ともこ)さま。最初にお乳を含ませるお役目は橘三位徳子さま。御乳母は以前からお仕えしていて、馴れ親しんでも居り、気立ても良い方とて徳子さまの従弟道時さまの御女、蔵人の弁、広業さまの北の方でいらっしゃいます。

御湯殿(みゆどの)は夕方、酉(とり)の刻とか。火をともして召使いたちが緑色の着物の上へ白絹の袍(ほう)を着て御湯を運びます。桶を据えた台なども、全部白い覆いがしてあります。女官二人が桶のお湯をとりついで湯加減よくうめながら、定まりになっている十六の素焼きの土器に汲み入れて、余ると湯槽に入れます。女房たちは薄物の表着(うわぎ)に固織(かたおり)の裳を着けて、唐衣で正装し頭を白い元結いで締めています。それで髪の様子がいちだんと引き立って見えます。

お生まれになってから、三日目、五日目、七日目、九日目には、御産養（おほんうぶやしない）と申しまして、祝宴が張られます。このとき親族縁者の方々からのお祝いが贈られます。五日目は道長さまの、七日目は公の朝廷主催の御産養、九日目は東宮の権大夫（ごんのだいふ）が奉仕なさいます。

中宮さまは十月十余日まで御帳台からお出ましになりません。香子はじめ女房たちはそのあいだは東母屋の西寄りにある御座所に昼も夜も控えて居ります。道長さまは、夜なかでも明けがたでも、時刻構わずお出になって、御乳母の懐（ふところ）を捜して若宮をお覗きになるので、御乳母は気を許して寝るわけにもいかず、ほんとうに気の毒でございます。若宮はもちろん何もお分かりにならないのに、道長さまだけがよい御機嫌で抱きあげてお可愛がりになるので、何とも申しあげようがございません。

あるときなどは若宮さまにお小水をひっかけられなさって、

「ああ、この若宮さまのお小水に濡れるのは嬉しいことだ。この濡れたのを火にあぶるのこそ望みのかなったしるしだもの」

と、もう手放しのお喜びようなのでございます。

さて敦成（あつひら）親王さまと名付けられた若宮との御対面のため、帝が土御門殿に行幸になる日が近付いて、お邸内をいちだんと手入れして見事な菊の花など、あちこちから探して来ては植え替えて居られます。

こうしたおめでたい様子を見聞きしながら、しかし香子の心は何故か、沈んで行きます。その場にいて、それなりに動いて居ればまぎれるのですが、一歩、この騒ぎから身を離して、うろうろと立ち廻っている人びとを眺めますと、奇妙に侘しい思いに捉われるのでございます。

行幸の当日、朝早く道長さまは新しく造られた龍頭鷁首(りょうとうげきしゅ)の船などを点検なさっていらっしゃいます。行幸の時間は午前の辰(たつ)の刻でございますが、女房がたは夜明け前からお化粧をし、用意に余念がありません。

帝をお迎えする船楽が奏され、内侍が二人、まるで唐絵(からえ)を美しく描いたような端麗な姿で出てまいります。御剣(みつるぎ)を捧持(ほうじ)する内侍と、御璽(みしるし)の箱を捧持する内侍でございます。近衛府(このえのつかさ)の役人たちも、いかにもこの場にふさわしい装束で、帝の御輿のお世話をなさいます。帝の御前で管絃のお遊びが始まり、大層輿の乗って来た頃、若宮のお声がかわいらしく聞こえます。右大臣顕光さまが、

「万歳楽(まんざいらく)が若宮のお声に和して聞こえますよ」

と座をお引き立たせになります。あの学識で評判の藤原公任(きんとう)さまは『万歳千秋』と『和漢朗詠集』を朗詠なさり、道長さまは、

「これまでの度々の行幸も光栄に感じて居りましたが、今日のような素晴らしい行幸はまたとありません」

と酔い泣きをなさいます。

続いての行事は加階でございます。この度のお祝いに、御縁のある方はそれぞれに位があがるのです。帝が御簾にお入りになって右大臣が筆を取って名簿をお書きになります。藤原氏であっても、香子の家のように家門の分かれた人びとには、もちろんそのお達しはございません。

――こうして次第に身分階級が固定して行くのだな、と香子は眺めて居ります。

十一月の一日は、御誕生五十日目のお祝い、ここのところお祝い続きでございます。宴会が始まりますと、だんだんお席が乱れて来て、みっともない冗談など仰言る方もいらっしゃるなか、右大将の藤原実資(さねすけ)さまだけがきちんとしていらっしゃいます。へつらうことのお嫌いな方と伺って居りました。御盃が廻って来て、即興のお祝い歌を奉らなければならないのを恐れておいでの様子でしたが、例の「千年万代(ちとせよろずよ)」の古い歌に引っかけたお座なりな歌でお茶を濁されたのは、追従歌の多いなかで、かえって御立派でいらっしゃいました。

そうしているうちに公任さまが、

「失礼ですが、このあたりに若紫はお出ででしょうか」

と香子を探しに来られました。「源氏」に関わりのある人は誰もいないのに、どうして若紫がいらっしゃいましょうか、と香子は少し反撥して横を向いて居りました。

香子は宰相の君と言い合わせて、今夜の道長さまのお酔いぶりは大変だから、終わるまで隠れていましょうと几帳の後ろにいましたら見つかってしまいました。道長さまは二人ともを捉えてお座らせになって、

「歌を一つずつ詠め。そしたら許してやろう」

と仰言います。逃げたくもあり、恐ろしくもあったので、

いかにいかが　かぞへやるべき　八千歳の　あまりひさしき　君が御代をば

〈――今日は五十日のお祝いの日でございますが、これからの幾千年ともいう、あまりに長い若宮の御歳をどのようにして数えつくすことができましょうか〉

と、如何に、と五十日をかけてお詠み申しあげましたら、

「やあ、うまく詠んだなあ」

と二度ばかり朗誦なさって、今度は御自分のぶんを、これまた、とても早く御詠みなさいました。

あしたづの　よはひしあらば　君が代の　千歳の数も　かぞへとりてむ

〈――鶴のように千年の寿命が私にあったなら、若宮の千年の寿命も数えとって、遠い将来をお見届け出来るのになあ〉

ひどく酔っていらっしゃるにもかかわらず立派にお詠みになったということは、いつもお心にかけていらっしゃるからなのでしょう。

「中宮さま、お聞きになりましたか。上手に詠みましたよ」

と道長さまは自慢なさって、

「中宮さまの御父として、私は不相応ではないし、私の娘としても中宮さまは御立派だ。母君もだから、幸せだとにこにこしていらっしゃる。きっとよい夫を持ったと思っているのだよ」

などと、ひどく酔っ払っておふざけなさるので、北の方さまは聞き辛いと思ってあちらへお出での御様子です。

「これは大変。御送りしないと母君がお恨みなさるといけない」

と御帳台のなかをお通り抜けになるのです。お通り抜けになりながら、

「こんなことをすると、中宮さまは、さぞ無作法な親だと思っておいででしょうが、親があるからこそ、子も御立派でいられるのですよ」

と一人ごとで他愛のないことを呟やかれるので、女房たちは、くすくす笑って居りました。

　さて、このような乱痴気騒ぎの夜も過ぎ、愈々中宮さまが内裏へお還りになる日が近付きました。女房たちは引き続きの行事で寛ぐ暇もないのですが、中宮さまは宮廷へのお土産として『源氏物語』を冊子につくるための作業を率先して進めて居られます。香子は夜が明けると真っ先きに御前に伺候して、中宮さまと差し向かいで、色とりどりの紙を揃えて、あちこちに書写を依頼する手紙を書きます。また一方では書写したものを綴じる作業も進んで居ります。

　道長さまは時折覗きにいらして、中宮さまはじめ香子たちがあまりに熱心なので、

「この寒い時節に、どこの御子持ちがこんなことをなさっているのですか」

などとあきれたように仰言るものの、上等の薄様の紙とか、筆、墨などを何度も持って来て下さいました。果ては硯まで持ちこんで来られたので中宮さまはこれを香子にくださいました。

　すると道長さまは大袈裟に騒いで、

「こんな奥で向かいあって、何をしているかと思ったら、硯まで取りこんでいる」

とお咎めになります。けれども、そのあと、上等の墨挟みや墨や筆などを香子に下さる道長さまでございます。

けれども油断のならない道長さまで、留守にしているあいだに、香子の部屋に忍びこんで「原本」を取りあげてしまわれました。この「物語」の原本は実家に取りにやって隠しておいたのです。あの原本は、まだ直しがちゃんと出来ていないものだったのに。道長さまはそれを中宮さまの妹君の妍子（けんし）さまにやっておしまいになったのでございます。よくないのが伝わったりしたら大変だと、香子は気になるのですが、致しかたございません。

十七日、宮中へお還りになりますと、引き続いて二十日は五節（ごせち）の舞の行事がございます。例年のことではありますが、今年は取り立てて華やかに催されるようにお見受けいたしました。中宮さまは侍従の宰相さまに舞姫の装束などをおつかわしになります。右の宰相さまの方には造花に梅の花をつけて競いあうように御下賜（かし）なさいました。

香子は、こういう賑やかな催しものは苦手で気分が悪くなってまいりましたので、局（つぼね）でしばらく休んで居りましたら、道長さまがいらっしゃって、

「こんなところで何をしているのだ。さあ、一緒に行こう」

とせきたてられますので、不本意ながら参上いたしました。

舞姫たちの美しさもさることながら、童女御覧（わらわごらん）の儀の童女たちの可愛らしさも言いようがありません。それを感動して眺めながらも、性格なのか香子は、こんなに見世物になって、とすぐに同情してしまうのです。案外本人たちは得意なのかも知れませ

んのに。

五節が終わりますと、下の酉の日は賀茂神社の臨時の祭でございます。この祭のあとは一と月ほどお暇が願えるので、久しぶりに実家に戻り、香子は寛いで居りました。宮中というところは不思議なところでございます。なかに入って居りますと、その場が最上、最高のもののように思え、他が見えません。道長さま中心に総てのことが動いていて、本当は、そのような事態は奇妙な、異常な事態であるのに、何が正常かが見失われてしまうのです。香子も自分ではひどく醒めているつもりなのですが、やはりこの雰囲気に毒されているのでしょうか、里の侍女たちの目には大きな変化としてうつるようでございます。

「何だか、明るくおなりになったみたいね」

「明るいのかしら」

「てきぱき、なさるようになったわ」

「威張っていらっしゃらない？」

「威張る？　そうねえ、権高におなりになった」

「そりゃ、当然でしょう。天下に並ぶ者のない中宮彰子さまの学問の師でいらっしゃるのですもの」

「自信にあふれていらっしゃるのよ。当然じゃない」

香子は身を縮めました。空恐ろしいような気が致しました。しかし、自分が、すでにもう引き返せないところに来ているというのも実感でございます。いまさら、お暇をいただくわけにもいかない立場です。

二、三日、ぼんやり横になって過ごし、これではならじと起き出して机に向かいましたが、「物語」の続きは、とても書く気がいたしません。さまざまなことを体験して来たので、それを採り入れて、と思うのですが、気持ちの統一ができないのです。とりとめのないさま、このようなときの癖で、昔の歌反古(うたほご)などを翻して居りました。去年……いや、これはもう一昨年のことになるのでしょうか、里に退去していたときの散らし書きの未整理のものが出てまいりました。この頃は、宮仕えにまだ目新しいものが多く、批判がましいことが書き連ねてあります。なかに一枚、自分の手でないものが混ざって居ります。

――この墨くろぐろは……。

隆光どのでございます。

をりをりに　かくとは見えて　ささがにの　いかに思へば　絶ゆるなるらむ

〈――事あるその度毎にお返事くださるものと思っていましたのに、どういう

お考えから、お返事がと絶えたのでしょう〉

隆光どのは、あれからあとも、何や彼やと歌をくださるので、その度毎に、あたり障りのない返事をさしあげていたのですが、自分の忙しさもあり、少し面倒なので放っておいたら、このようなお歌がまいったのでございます。しかし、このお歌にしても、お返事は面倒です。第一「ささがに」——蜘蛛——の使いかたですが、蜘蛛の巣を「い」と申しますので、「いかに思へば」を導き出すための言葉なので、どうして折り込んでお返ししようかと、考えあぐねているうちに、九月の終わりになってしまいました。もっとも、一生懸命考えなかったせいもございますが。

霜枯れの　あさぢにまがふ　ささがにの　いかなるをりに　かくと見ゆらむ

〈——霜枯れの草むらのなかにまぎれこんで、かすかに生きている蜘蛛が、どんな折に、どんな巣をつくるとお思いなの。寡婦のわたしが、どんな折にお返事を書くと思っていらしたの〉

けれども、こうした返事の書きかた自体が嘘っぽいのでしょう。隆光どのからのお

便りは、それでとぎれました。その後、惟規どのに、

「姉君は、もう近寄り難くなったなあ。何せ中宮さまの先生だから」

と溜息まじりに仰言ったそうでございます。

一と月近くそうして里でぶらぶら過ごした師走の二十九日、再び参内いたしました。四年前、初出仕いたしましたのも、今日でございました。あのときは全く夢中で何が何やらと戸惑うことばかりでしたのに、いまは、すっかり馴れきって、こうして上つ方に居ることを日常茶飯に受けとめている自分が、つくづく嫌だ、と思われます。

香子が自分の部屋に引きこもったときは、すでに夜更けでございましたが、同室の女房たちが、

「宮中というところは、やはり他とは全く様子が違っているわねえ。里にいると今頃は寝てしまっているでしょうに、どう、この頻繁な沓の音——」

と色っぽく、浮き浮きと話しあっているのを聞きながら、もうそんな気分にもなれない自分の年齢を顧みながら、独りごとのような歌をつくりました。

年暮れて　わがよふけゆく　風の音に　こころのうちの　すさまじきかな

〈——今年も終わりになって、わたしの生涯も老いて終わりに近づくことを思

いながら、この夜更けの風に自分の心のなかを吹いて行く荒涼とした淋しさを重ねています〉

さて、大晦日（おおみそか）の夜、悪鬼を追い払う行事が早く終わったので、おはぐろなどつけ、ちょっとした化粧をしていますと、弁の内侍どのが帰って来て、あれこれ喋りながら横になっていました。長押（なげし）のところでは内匠（たくみ）の蔵人どのが、童女に縫いものをいろいろ教えて居りました。そのときでございました。中宮さまのいらっしゃるあたりに大声がします。弁の内侍どのを起こしたのですが寝入ってしまって起きません。人の泣き騒ぐ声が聞こえますし、恐ろしく、火事かと一瞬思いましたが、そうではないらしい。

「内匠の君、さあ、さあ」

と、この人を先におしたて、

「とにかく、中宮さまのいらっしゃるところへ、まず参って御様子を見なければ」

と内侍どのを荒っぽく突き起こして、三人で震えながら、足も宙に浮いた思いで参上しますと、中宮さまの若い女房が二人、裸にされているのでございます。

——さては引き剝ぎであったか。

鬼やらいをしたばかりなのにと気味悪く、台所の方にまで走っていったが誰も居りません。手を叩いて大声で人を呼ぶけれども返事はありません。食膳係の召使いがいたので、香子の身分では直接口を利いてはいけないことになっていたのも忘れて、

「殿上にいる兵部の丞という蔵人を呼んできなさい」

と命令してしまいました。兵部の丞は惟規どのでございます。詰めていてくれれば良いと願ったのに、どこまでもいい加減なあの弟君は居合わさず、式部の丞の資業どのが駈けつけられて、あちこちの灯りに油をつぎ足したりしてくださいました。

帝からは早速中宮さまへお見舞いがあり、衣裳を剝ぎ奪られた女房たちには御衣を賜りました。元旦のための装束は奪われなかったので、二人とも何気ない様子で、翌朝は出てまいりましたが、裸姿が忘れられず、恐ろしいと思う一方、おかしいのですが、それは口には出せません。もちろん正月一日は不吉なことは口にのぼせないのが定まりですが、誰も誰も、昨夜のことだけは話さないでは居られない様子でございます。その上、一日は陰陽道で悪い日になっているとかで、若宮の御戴餅の儀は三日に延期になりました。

何となく不吉な予感に捉えられている香子のところへ、今度は若宮の呪詛事件が持ちあがりました。故定子さまの兄君伊周さまのお邸あたりから、呪いの人形が出たとかで大騒ぎになりました。伊周さまは断じてそんなことはない、と抗弁なさったそうですが、直ちに参内禁止になりました。

——あまりに見えすいたことをなさる。

香子は、はじめて道長さまに強い不信の念を抱きました。伊周さまのお邸から呪詛の証拠品が出るなど、あまりにも仕組まれた罠としか考えられません。

「故定子皇后の生み奉った敦康（あつやす）親王を皇太子にしたいために、若宮敦成（あつひら）親王を呪詛しようとした、怪（け）しからぬ」

と仰言っているそうですが、少し冷静な立場から考えると、怪しからぬのは道長さまでございます。第一皇子敦康親王さまが皇太子になられるのは当然のことでございます。お亡くなりになったとは言え、皇后さまのお産みになった第一皇子でいらっしゃいます。もっとも、この怪しからぬ振る舞いは、すでに中宮定子さまのいらっしゃる帝に、彰子さまを中宮として押しつけ、定子さまを皇后にする、二后冊立という、これまでの歴史にないごり押しをなさったときから始まっているのでございます。ということは、香子のお仕えする彰子さまは、そもそもこうした怪しからぬ振る舞いの頂点にいることになります。香子は滅入った上にもさらに滅入って来る気持ちを引き立てることができず、夜になっても明りも灯（つ）けず、凝っと独り部屋に座りこんで居りました。

——彰子さまに若宮がお生まれになったいま、現在の皇太子居貞（いやさだ）親王さまは、この若宮が御位に即かれるまでの中継ぎでしかない。同じことを、道長さまの父君兼家さまがなさった。御自分の孫いまの帝、懐仁親王を帝位に即けたいため、花山帝を追いつめられた過去があります。花山帝を追いつめ、帝は七歳、皇太子は十一歳という奇妙な事態が罷り通って来た世のなかで、人びとは秩序というものは権勢家が踏みにじるものでしかないと思って居ります。権勢家が、己が権勢欲のために編み出した事態がむしろ、新しい秩序になる。こうしたいわば理不尽ともいうべき藤原家の横暴を、彰子さまは、どう思っていらっしゃるだろう。賢明な方だけに、悩んでいらっしゃるにちがいない。しかも、わたし自身の家も、その横暴の恩恵に浴してこの正月、父君為時どのは左少弁に出世なさった……。

香子は、言うに言えぬ不愉快な矛盾に陥ちこんでいました。いっそ出家したい、という思いが頭をかすめます。

そのうち、いろいろお調べがあって、故定子さまの叔母君、高階光子さまは投獄、その兄君の明順さまは道長さまの御前で、

「とんでもない濡れ衣でございます。若宮が然るべき因縁があってこの世にお生まれならば四天王もこれをお守りなさるでしょう。それとも若宮は、何か、四天王がお守りできないような悪い因縁をお持ちになってお生まれになったのでございますか」

と皮肉たっぷりに言いのけて、お邸にお帰りになったあと、四、五日でお亡くなりになりました。病死と公表されましたが、誰も信じません。憤激のあまり、自殺なさ

ったにちがいないのでございます。

　そうしたなかにも、例の奔放な恋歌をつくり一躍有名になった和泉式部どのが宮仕えに加わるなど、彰子さまの周囲は相変わらずの華やかさに包まれて居りました。香子は、これまでのように中宮さまのお近くにいることを憚(はば)かられる暗い気持ちのまま、局での執筆を許されているのを幸いに、里居せぬまでも引きこもり勝ちでございました。そんな香子に、

「中宮さまは、どうやらまた御懐妊らしゅうございますよ」

　同室の内匠の蔵人が情報を持って来てくれました。

「でも、『今度は気持ちが楽だ。男御子でも女御子でもいいから』とお洩らしになったそうでございます。若宮さまのときは、道長さまのあの思い入れの凄さの前に、女御子だったら死んでしまいたい、くらいに思いつめられたらしゅうございますよ」

「まあ」

　香子は思わず落涙いたしました。中宮さまは香子に対しては決してそのような悩みは口にされませんでしたが、ずいぶん苦しんでいらっしゃったのだと思うと、お可哀そうに、と思う気持ちが先に立ちました。同時に、お心安だての女房がいらっしゃるのは、よいことだとも思いました。どういう隔てなのか、香子にはいまひとつお打ち解けにならない様子がございます。

——「物語」作者としての尊敬からばかりではない。

尊敬という点では、故定子さまも清少納言を尊敬していらしたでしょうが、『枕草子』を読むかぎりでは、お二人のあいだには得も言われぬ情の交流があります。定子さまの亡くなられたあと、ぷっつり行方を昏(くら)ましてしまわれた清少どのですが、鳥辺山で定子さまの墓守りになって居られるという噂を耳にすると、さもありなんと思うのでございます。

——わたしはどうだろう。別の意味で出家したいとは念じているが、それは彰子さまとは関わりの無い問題だ。わたしは結局、冷たい人間なのかもしれない。

香子は黙って灯心をかきたてました。内匠の蔵人たちはまだ興奮して喋り続けています。六月十九日には中宮さまが土御門第にお産のため退去されるのだが、その前に伊周さまの朝参が許されていること、などなど。

「見え見えなのよねえ、うちの大殿さまも」

「このまま伊周さまを罰しておかれたら、お産のときにどんな御物の怪が現れるか、それが恐ろしくていらっしゃるのよ」

女房たちにその心底を見破られるようでは道長さまも形なしだと、香子は苦笑いするのでございました。

十一月二十五日、第二皇子敦良(あつなが)親王さま、するすると御誕生になりました。敦成親王さまのときに比べて、言いようもなく軽いお産であったのは、二度目ということよりも、中宮さまの気持ちの軽さだと香子は拝察して居ります。女御子が生まれたらどうしようという中宮さまのお心の障(さわ)りがあの難産の原因であったと思うと、ひどくお労(いた)わしい気が致します。

明けて寛弘七年正月。三が日は若宮たちは御戴餅のために毎日清涼殿におのぼりになります。それに上臈(じょうろう)の女房がたがお供して参上なさいます。道長さまの御長男左衛(さえ)門督(もんのかみ)頼通さまが若宮をお抱きして、道長さまが餅を取り次いで帝に差しあげますと、帝が若宮たちの頭の上にその餅をお載せになる儀式でございます。

正月二日は年賀の客をお受けになります。傅(ふ)の大納言道綱さまはじめ、主だった御親戚が、お互い向かいあって、ずらりとお座りになっていらっしゃいます。そこへ道長さまが若宮をお抱きしてお出ましになられて、いつもの御挨拶を、と促されます。それから北の方を振り返り、

「今度は弟宮をお抱きしましょう」

と仰言ると、若宮がひどく嫉妬をやかれて、

「いや、いや」

と駄々をこねられる。それをまたお慈(いつく)しみになって、

「あやまる、あやまる」

となだめあやされるので右の宰相中将兼隆さまなどが面白がっていらっしゃいます。道長さまの孫呆けでございます。

子の日には帝が殿上の間にお出ましになり酒宴と管弦の御遊がございました。それが終わってから道長さまはとても酔って中宮御所へいらっしゃいました。香子が面倒だと思って隠れていましたら、

「なぜ、お前さんの父君は、御前の遊びに呼んだのに伺候もしないで退出してしまったのかね。ひねくれているぞ」

などと御機嫌を損じていらっしゃいます。厄介なことになったな、と適当にあしらって居りますと、今度は、

「父親の罪を許して貰おうと思うなら、歌を一首奉れ。親の代わりに子の日の歌を詠め、よいか、詠むのだぞ」

とからまれます。真に受けて、急いでみっともない歌など詠みあげたりしたら恥だわ、と幾らか途方に暮れて居りますと、今度は急にしんみりなさって、

「年来、中宮さまはお子さまがなくて、お一人で淋しくしていらっしゃるのを物足りなく思いながら拝察していたのに、いまはこう、うるさいほどに右左にいらっしゃるのを拝見するのが嬉しいよ」

と仰言って、もうお眠みになっている若宮たちを、御帳台の帷を開けて御覧になり

ながら、

子の日する　野辺に小松の　なかりせば　千代のためしに　なにを引かまし

〈――子の日の遊びに小松がなかったら、この若宮たちがいなかったら、わが世の千年の繁栄のあかしを何に求めようか、ねえ〉

と大変な御機嫌で、古い歌を口誦まれます。このようなとき新しい歌を詠まれるより、昔の歌を引き合いに出されて愉しまれるのがお酔いになってはいても道長さまの風流の素敵なところで、お酔いになったのもなかなかの風格だと眺めて居りました。

正月の行事が済みますと、ほんのちょっと里に帰って、十五日は二の宮敦良親王さまの御五十日の日なので香子は明けがたに参上いたしましたが、相部屋の小少将の君は、すっかり夜が明けて、間の悪いくらいの時刻になって参上なさいました。香子は、最近、相部屋になったこの小少将の君と、とてもよく気持ちが通いあって仲良くしていました。二人の部屋を一つに合わせて、どちらか一方が里に帰っているときもそこに住んでいて、二人が同時に参上したときは几帳で仕切って暮らしています。道長さまは、そんな様子を面白そうに覗き見なさって、

「お互い、男を誘い入れるときはどうするの」

など聞き難いことを仰言って揶揄(からか)われます。

「もう、そんな年齢ではございません」

二人同時にお答えして、笑いこけるのですが、道長さまは悪戯(いたずら)っぽい目でちらと香子の方を御覧になるのです。そのような道長さまにふと、心をくすぐられる香子でございます。

香子が、幾分浮き浮きと暮らして居りましたら、二十日、伊周(これちか)さまがお亡くなりになりました。伊周さま御一家の運命について、香子は、複雑な気持ちでこれまで見守ってまいりましたが、お亡くなりになったあとに、人の噂を介して届いて来た御遺言が胸を打ちました。

伊周さまの御遺言というのは、二人の姫君に対して、どのようなことがあっても、権家(けんか)の女房になるな、という戒めであったそうでございます。伊周さまの悲痛なお気持ちはよく分かります。伊周さまの姫君であれば、后の位におつきになってしかるべきでございます。いまは権力争いに敗れて道長さまの前に屈しているけれど、もとはと言えば、の御気持ちがあるのでしょう。ということは、道長さまがこうした姫君を道長さまの御女の女房として召抱えることによって、主従の関係をつくり、そうすることによって階級を固定して行かれるのではないかとすでに見抜いていらっしゃるのでしょう。しかし、同じ藤原の流れを汲む香子たちの家とて、伊周さまの父君道隆さまのために、さらにその父君兼家さまの権謀術策によって、次第次第に政治の中心の座を追われ、周辺に散って、殿上人にもなれず、受領の階級へと落ちぶれて行ったのでございます。

——伊周さまだけが不幸ではない。それは人の世の、醜い争いが招来する宿命なのだ。憂き世だわ。

そう観じたとき、香子に新しい「物語」の着想が生まれました。今度は「光る君」の物語ではなく、「光る君」に縁のある人びとを登場させはするけれども、全然別の主題で展開して行こう。むしろ、憂き世を生きる哀れな人びととの愛の「物語」として……。

物語作者の心理というものは、実に奇妙なものだと、香子は自身に思います。伊周さま御一家の非業な生きざま死にざまを知ったことを直接の動機として書き始めますと、そのなかで自分の考えかたが次第に深まってゆき、同時に道長さまへの隔てが逆に強くなってゆくのでございます。

筆は遅滞なく進みました。伊周さまが亡くなられた二月の終わりから書き始めた『宇治十帖』は翌年五月半ばに完成しました。『源氏物語』五十四帖が、長い時間かけて、暇を見つけながら、ばらばらに書き綴られた短い物語の繋ぎ合せのようなものであったのに比して、最後の『宇治十帖』は一息に書きあげました。それだけにまとまりは、こちらの方が良くなりました。もちろん、まとまりが良くなっただけ、「物語」としての拡がりに欠けると自己批評はしているのですが。

ただ、女君の出家ということについては、一層思いが深くなりました。女主人公の一人浮舟は、二人の男から同時に愛され匂宮(におうのみや)への執着と薫の大将への済まなさの板ばさみになって宇治川に投身自殺するのですが、横川(よかわ)の僧都に助けられ、小野の里近くで剃髪します。男たちは女が死んだものと思い悲嘆のうちに葬式をしますが、女は別世界、御仏に仕える世界で生きて行く——という形で結末を迎えることにしたのです。

この「物語」を書いている最中に為時どのが越後の守に決定いたしました。

「越後ですって」

越前よりももっと遠い雪国ではありませんか、父君のお年齢(とし)で……という言葉を、香子は唇のなかで潰しました。

「御辞退しようかと思ったけれど……」

六十五歳の為時どのは、そこでしっかりと首を振られました。

「これを機会にまた財産をつくって、香子のために遺さなければならない。とにかく、この我儘な『物語作者』は、なかなか男の世話にはならないでしょうからねえ」

言われて、香子は、はっと致しました。まともな結婚のできない、また、しようとも努力しない娘のために、父君が与えてくださる生活の保証を当然のことのように受けて、甘えている自分の姿が明瞭に見えて来ました。

十五年前、越前の守として赴任なさるとき、自分勝手な生きかたで、父君に従って越前行きを決めてしまい、父君の正妻たるべき女性との生活を潰してしまったことを、香子は苦々しく思い出しました。あれが父君にとって妻と同居する最後の機会でしたでしょうに、香子のために、あえてそれをなさらなかった為時どの……。

「わたしが、おつき添いして行こうかしら」

「何を言う」

為時どのは強く首を振られました。

「いまのお前の立場として、中宮さまがお許しになるはずはない」

香子は黙ってしまいました。中宮さまが何と言われようと、宮仕えを辞退することは簡単に思えました。むしろ、そのときの香子の気がかりは、一息に書きあげたい「物語」の方にありました。

「姉君が行くことはない。私が行こう」

横合いから申し出たのは惟規どのでございます。

「だって、あなたは……」

香子は惟規どのを遮りました。惟規どのは公に官職を持って居られる、中宮さまの私的なお雇いである女房のお暇とは訳が違う……。

「帝は、私が申し文を書けば休暇をくださるだろう。越後へ父君を送りとどければ、また戻って来ることにすれば大丈夫だ。私には休暇のあいだ代わりを勤める者は何人でもいるが、いまの姉君の立場は、中宮さまにとって、かけ替えのないものだ」

惟規どのも父君と同じことを言い出されます。

「だけど、『物語』ばかり書いて里居勝ちなのよ」

「別に、それでいいのではないか」

父君は、ゆっくりと御自分で御自分の言葉を確かめるふうに仰言います。

「中宮さまにとって、香子が召し出せばすぐ来てくれるところにいるのがお心強いのだろう。だって、そうではないか。中宮さまは、いま、この国の女としては最高の地位にいらっしゃる。しかし、最高の地位ということは、必ずその地位から降りる日があることを意味している。栄枯盛衰を必ず味わわれる、ということだ。そのとき、お前が必要におなりだ。道長さまの世も、そう長く続くものではない。それに何よりもあの方だって、死は免かれない」

香子は、一つ、一つ、噛みしめるように父君のお言葉を聞いて居りました。長い不遇の散位の生活から、やっと陽の目を見て役にありつき、僅かばかり時を得た期間があったと思ったら、いま、また幾分左遷気味の遠い雪国への赴任の定まった老官吏の父君。そのあいだに、具さに権力の消長を体験なさったであろう、父君。

それに、道長さまだって死を免かれることは出来ないと断じられたとき、当然の摂理を仰言ったにもかかわらず、香子は衝撃を受けました。

――人間は、自分が死すべきものと分かっていながら、何故、かくも権力や、愛に執着するのか。

いま香子が凝視しているのは、憂き世ということでございます。移ろい易い人の心は、男と男の権力争いの世界に現われるときも、男と女の愛の葛藤の世界に現われるときも、不思議に同じ形をして居ります。その証拠に自分自身の本心の在り処さえ分からぬ香子なのでございます。道長さまを立派な方だと思ってみたり、また、権力の亡者の嫌な男だと見たり、恐らく、道長さまの本質はその両方にあるのでしょう。香子自身にしてからが、権門の前に膝を屈する人を蔑みながら、自分も無意識のうちに権門にへつらっているのです。早い話が道長さまに命じられて中宮さまの御産の有様など覚え書きしたものや、道長さまの印象を書き留めたものなど、『宇治十帖』を書き了えた現在の香子の心境からはすでに遠いものになっています。

けれども、書き直すことは致しません。道長さまへの讃め言葉を連ねたのは、そのときの真実でございますし、あの宮廷の雰囲気のなかでは、それが実際至上のものでもありました。香子にとって、いま、それが儚(はかな)いものに見えて来たとしても、それが何も無かったものとは思えませんし、また、何も無かったなどと、おこがましく言うことはできないと思います。

香子は、道長さまに命じられたものは、主家への勤めとして、きちんと整理いたしました。その他の個人的な物思いを綴ったものは歌反古と一緒に束にしました。宮仕えをこのあたりで罷(や)めようという決意のもとにその作業を続けて居りました。

その作業の最中に、帝が病のため譲位なさる意志がおありだと伝わって来ました。里居していた香子は、急ぎ参内して中宮さまにお目通り致しました。五月二十七日のことでございます。中宮さまの御前で悲泣する女房たちの声が渡殿(わたどの)まで溢れて来て居りました。

——御病気といっても、まだお若いのだから……。

しかし、その言葉は口に出せませんでした。中宮さまがいつになく厳しい顔でいらっしゃるのです。

「帝は御譲位のことを申し出られて、次の東宮のことをお確かめになりたいのです」

ああ、そうであったか、と香子は中宮さまの聡明さを痛感いたしました。

「帝が御譲位なさると、次の帝は東宮の居貞(いやさだ)親王さま、となれば長幼の順序として、次の東宮さまは第一皇子の敦康親王さまが当然でございましょう。帝のお心も察し、また世の中の秩序というものも考え、わたしがそう申しあげたら父君がお怒りになって『宮は、母君として、若宮が可愛くないのか』と仰言る。筋違いでありましょう。父君の野心は分かりますが、あまりに見え透いていて後世、歴史の審きを受けましょう。わたしが申しあげても、『宮は、宮は……』と一応立ててくださるが所詮、女の言うこと、とお取りあげなさいません。上達部のなかで、誰ぞ、父君を強くお諫めできるような骨のある方は、いらっしゃらないかしら」

「さようでございますね」

香子は考えこみましたが、心のうちでは、ここまでしっかりと理性的に物事が考えられるようになった彰子さまを、自分のことのように誇りにしたい気持ちでいっぱいになりました。

「誰も、誰も、父君に媚びへつらうことしか考えていないから……」

「右大将、大納言実資さまはいかがでございましょう」

「ああ、右大将実資どの……。あの方なら……」

中宮さまは深く頷かれました。

「わたしが内々の手紙を書いてお願いいたします故、式部が、届けてください」

「分かりました」

承知はしたものの、これは行く行く大変なことになる、と香子は覚悟いたしました。

しかし、実資さまが道長さまにどのような働きかけをなさったのか、事は逆に急転、帝の御裁決という形で、東宮は第二皇子敦成親王さまに定まってしまったのでございます。

「何と言うことを仰せ出されたのでございますか。父、道長の圧力でございましょう」

中宮さまは、帝の弱気が口惜しいと仰せ出されました。帝は東宮の居貞親王さまをお召しになって、御簾越しの対面をなさり、条理から言えば、第一皇子敦康親王さまが次の東宮になるべきだが、ちゃんとした後見もないから断念した、総じての政治には元老たちの指示に従われるがよい。彼らが用意している東宮があるだろう、私は、たとえ病気が治っても出家しようと考えている。まあ、この病気は治るまいけれど、などと仰せられたそうでございます。

道長さまは日頃の望みの叶うのは「いまぞ」とばかり、重臣の方の同意を取りつけるために駈けずり廻っていらっしゃいます。

「みっともない。顔が赤くなるわ」

中宮さまがお歎きになるにつけて、香子も思わず知らず、道長さまを冷ややかに眺めてしまいます。

六月十三日、居貞親王さま践祚、帝は一条院さまと申しあげることになりました。

東宮には敦成親王さま。四歳の第二皇子が十二歳の第一皇子を差しおいて皇太子になられても、誰も当然のこととして怪しまない、乱れに乱れた世のなかでございます。

一条院さまの御剃髪は十九日。敦康親王さまと姉宮の脩子(しゅうし)内親王さまが付ききりで父院の看護に当たられ、一条院さまも、いまは誰に気兼ねもなく、この心懸りの御子たちをお側に置いて互いに手を取りあって居られる御様子を見るにつけ、中宮さまは言いようもなく悲しく情無い気持ちになられたのでございます。

「あの御父子のあいだに入って行けない」

中宮さまは、そう言って香子の手を取ってさめざめとお泣きになりました。

「帝がわたしを可愛がってくださったのは、結局、父君への気配りからだけだったのね」

そんなことはございません、と申しあげたい気持ちを香子は押さえました。そんなことはないのです。一条院さまが中宮さまを愛していらしたのは事実でございます。同時に、故定子さまの忘れ形見を、ずっと気にかけていらしたことも事実でございます。その帝の御気持ちを察して、彰子さまが、このお子さま達の御世話をなさったことを、一条院さまが感謝し続けていらしたことも事実でございます。ただ、道長さまの野望がなければ、定子さまの忘れ形見に対する一条院さまの愛憐(あいれん)はここまで深まらず、むしろ彰子さまの手を取り、後事を御依頼なさるにちがいないのです。香子は泣きじゃくられる中宮さまの肩をお抱き申しあげながら、娘の気持ちを踏みにじってしまわれた道長さまの権勢欲の行く末を凝視めて居りました。

剃髪後、一条院さまは急に容体が悪化され二十二日昼頃お亡くなりになりました。彰子さまは二十三歳、帝とお暮らしになったのは十二年足らず、若くして未亡人とおなりになり、大宮さまと申しあげます。それぞれ御下賜のあった上、お暇が出ます。定めにより一条院さまの御代にお仕え申しあげた女房たち全員には、それぞれ御下賜のあった上、お暇が出ます。しかし大宮さま付きの女房たちは道長さまの絶大な後見があります。大宮さまがやがて国母になられることは誰の目にも明らかで、帝の御退位はいつだろうと、明らさまな口を利く者さえ居ります。

「父君を早く亡くされた若宮たちがいとしく可愛いけれど、それとこれとは別でございます。若宮たちをいとおしく思うわたしの心が政治向きの浅ましい動きに利用されるのは嫌でございます」

彰子さまは、しきりとそう仰言って道長さまに対抗なさって、道長さまの、早くも始まったあからさまな帝御譲位運動を出来るだけ阻止しようとなさいました。

「それには式部がずっと側にいて力づけてくれなければ」

と香子に頼られます。

その年の秋、越後に下った惟規どのが、急な病いで亡くなられたという報らせが香子の許に届けられました。

「しかし、私は大丈夫だ。悲しみに暮れてはいるが、一人でやって行ける。香子は、いま京に踏み留まって、大宮さまのお力にならなければならない」

為時どのの手紙には、そう書かれてありました。香子は彰子さまのためになお京に残る決意をしたのでございます。

一条院さまの喪が明けてからというもの、道長さまの敦成親王さまを帝位に、という執念のような画策が次第に露骨になってまいりました。

「父君は、どうあっても、御自分の孫を帝に据え、摂政の座におつきになりたいらしい。人臣としての最高はそれでしかないと思っていらっしゃるのよ」

帝は道長さまの意向を汲んで、早くも譲位の気持ちをお洩らしになっているとか。香子は彰子さまのお顔が次第に冴えなくなって行くのを、痛ましい思いで見守って居りました。

折も折、道長さまを呪詛する者があるとの落書が現れ、道長さまは、その詮議に躍起となって居られるとか。

「左大臣（道長さま）の一生のあいだには、この種の事件が絶え間はあるまいねえ。これに座して、また罪人が出なければよいが」

実資さまがお歎きになったお言葉を香子が伝えますと、彰子さまは、

「このあいだは、土御門のお邸の屋根の上から人魂が北へ向かって飛んだという噂が流れていると、女房たちが聞いて来ました。父君の評判は、ますます悪くなる一方ね」

と溜息をつかれました。

「帝が譲位の気持ちをお洩らしになるのは無理もないことよ。このあいだも、殿上人の並いるなかで、帝をきつくお叱りになったそうよ。その見幕が激しくて、みんなぞっとしたらしい。折を見て御注意申しあげなければ、だんだん臣下としてあるまじい増上慢の罪を犯してしまわれることになるでしょう」

もちろんこうした宮廷での動きが手に取るように早く彰子さまに伝わるのは、香子が仲立ち申しあげている実資さまが手紙で彰子さまにお知らせになるからでございます。実資さまはお立場上、道長さまに御意見の出来る唯一の方で、道長さまが実資さまを嫌っていらっしゃることは申すまでもありません。その大嫌いな実資さまの御意見が彰子さまにも伝わっていることを道長さまがお知りになるのに、さして月日はかかりませんでした。仲介をしているのが香子であることも間もなく露れました。道長さまの激怒は大変なものでございました。

「飼犬に手を噛まれたとはこのことだ。式部ばかりではない、大宮の顔も見たくない」

と怒鳴り散らされたということでございます。香子は即刻、大宮さまの御前を退出、以後出仕、罷りならぬ、とのお沙汰が下りました。長和二年の秋のことでございました。

宮廷を退出した香子には、一つの覚悟がございました。道長さまという男の実態をつくづくと眺めてしまったいま、この男との過去をすべて葬り去ってしまおうと決心しました。関係のあとを留めたくない……。

確かに、一個の男としては魅力のある存在でございます。当代の第一人者に、たとえ一度でも関わりを持ったことは、女の虚栄心を満足さすものではあるかもしれません。しかし『源氏物語』の作者としては、と香子は考えたのでございます。

——この過程を抹殺してしまおう。

そのために、香子は『家集（いえのしゅう）』の整理に取りかかりました。幼な友達との出会いの「めぐりあひて　見しやそれとも　わかぬまに」から始めて最後を、

世の中を　なに嘆かまし　山桜　花見るほどの　心なりせば

〈——山桜の花を眺めているときのような、物思いのない心であったなら、世のなかを嘆いて暮らしたりはしないものを、いまのわたしは、物思いいっぱい、歎きいっぱいで暮らしているのです〉

と、憂き世を歎く歌で締めくくり、編年体のように見せながら、実は年代をくらましてしまうのです。くらまされた年代のなかに、宣孝どののことも、隆光どののことも、道長さまのことも消えてしまうのです。後世の人たちは『源氏物語』の作者の実際の恋がどのようなものであったか、それを見極める術を失ってしまうにちがいありません。

——そう「物語作者」の恋など、「物語」のなかにしかない。

結局香子は一人ごとを呟きながら「渡殿に寝たる夜」、夜どおし戸を叩かれたのを開けなかったときの歌を、『家集』の最後に持って来ました。道長さまの歌は道長さまの『家集』か何ぞに入るでしょうが、すると、これが後世にどう伝わるかは、「物語」を書く愉しみにも増して興味あるものに思えました。

こうして年末に『家集』を整理し終えた香子は、翌長和三年の正月、越後の父君に長い手紙を書きました。

遂に宮仕えを罷めてしまった経緯。「物語」を書く仕事も何だか、これ以上のことは出来ない形で終わって、虚脱感もあり、いまは世を儚んでいること。現在、身体の具合が悪いが、恢復し次第、越後に行って父君と暮らしたい気持ちがあること。娘の賢子については、大宮さまが、香子の身代わりと目をかけてお雇い下さる話が決定しているので安心であること。

手紙を出すと間もなく、彰子さま御病気の報らせがまいりました。驚いた香子は、自分の病気も忘れて清水寺に参詣し、平癒祈願をいたしました。「皇太后さまの料」として灯明を献じて居りますと、偶然、やはり平癒祈願に来ている伊勢大輔どのに会いました。

「まあ」と呼ぶなり、どちらからともなく駈け寄り、手を取りあって涙にむせびました。

伊勢大輔どのは、過ぐる日香子が奈良の桜の御使いを迎えて歌を読む大役を譲ってから、大の仲良しになった女房でございます。香子は単に、このような晴れがましい役は、若い才能のある人の方がふさわしいと思っただけなのですが、大輔どのはひどく感激されたらしく、以後は、香子を姉のように慕われるのでございました。あのときの中宮さまの美しさ、帝とお揃いの御前の華やかさは、いまも香子の眼底に灼きついて居ります。

いにしへの　奈良のみやこの　八重桜　けふ九重に　にほひぬるかな

その折りの伊勢大輔どのの歌でございます。大輔どのも思い出されたのでしょうか、遠くを見る目に、再び涙が溜まりました。

「こうして、大宮さまの平癒祈願でお会いできるなんて……」

「大宮さまのお引き合わせよ」

香子も感動して、樒の葉に歌をつけました。祈願の灯明が、ゆらゆら揺れました。

心ざし　君にかかぐる　灯し火の　同じ光に　逢ふが嬉しき

いにしへの　契りも嬉し　君がため　同じ光に　かげを並べて

大輔どのも返されました。

「生涯の思い出になるわ」

どちらからもそう言って、名残を惜しみながら別れました。しかし、まさかそれが永遠の別れになるとは、二人とも、まるで予測しては居りませんでした。うそ寒い日に無理をして出かけたのが祟って、病気をさらにこじらせてしまった香子が、旬日をおかず、あっけなくみまかってしまったのでございます。越後の為時どのには、香子自身ではなく、香子の死の報らせだけが届きました。気持ちの張りを失った為時どのは、任期の途中で辞任、京に帰り、間もなく三井寺で出家してしまわれました。

病床の香子が最後に出会った女友達伊勢大輔どのに贈った今生の終わりの歌は、暗澹として居りました。

奥山の　松には氷る　雪よりも　我が身世に終(ふ)る　程ぞ悲しき

単行本あとがき

平安の昔に、この国の一女性が書いた『源氏物語』という小説については、今日まで、無数の研究がなされ、おびただしい解説書が溢れている。『源氏物語』は古今東西にわたる名著である。古今はもとより東西に——、と言っても、いまや誰も大袈裟だとは思わない。外国の研究者のなかで日本文学を専攻する人なら、レディ・ムラサキの名を知らない者はない。それほどよく読まれている『源氏物語』であるし、よく知られている紫式部の名であるが、彼女の生涯に関する研究は、あまりなされていない。と言うより不可能なのである。生没の年も推定でしかない。西暦で九七〇年以降から一〇一九年までのあいだを、さまざまの説が飛び交う。むろん、私の調べた範囲内での幅であるが、もっと拡がるのかもしれない。紫式部は男ではないか、という説まであるそうだが、これはさすがに根拠に乏しく、立派な仕事は、すべて男がやったものだという偏見から発しているもののように思える。したがって、本名は知られていない。紫式部というのは宮廷に仕えたときの女房名である。

清少納言＝諾子（なぎこ）、道綱母＝寧子（やすこ）、和泉式部＝許子（もとこ）、として書き継いできた平安の女流の恋の物語の、これは四冊目であるが、またしても名前にひっかかってしまった。例によって名前が定まらないと書き出すことができないにもかかわらず、手がかりがほとんどないのである。あれこれ読み漁るうち、角田文衛氏に「香子」説があるのを知り、これに飛びついた。

もっとも「香子」説については、私自身が多くを参考にさせていただいた今井源衛氏の『人物叢書・紫式部』（吉川弘文館）で「紫式部の本名は明らかでない。最近角田文衛氏が『香子』だろうという説を出されたが、記録の読みかたなど種々の点で疑問があり、従うことはできない」とされているが、もし手がかりが無ければ「道綱母」のときのように創作するしかないと考えていたので、これを使わせてもらうことにした。こうした点では小説家の自由は許されると考えたのである。「香子」を「かおるこ」と呼んだのも私の好みである。「きょうこ」とも「こうこ」とも読めるかもしれないが、娘を「賢子（かたいこ）」と名づけているのでこれとの対で考えた。賢子は後に大弐三位（だいにのさんみ）と呼ばれ、百人一首でも有名な「有馬山猪名（いな）の笹原（ささはら）風ふけばいでそよ人を忘れやはする」という流麗な歌をつくっているひとで、こちらの方が「香子（かおるこ）」で、紫式部の方を

「賢子(かたいこ)」とするのがふさわしいのに、と冗談も浮かぶが、それはさておき、『紫式部日記』と、歌集『紫式部集』(いずれも新潮社版、山本利達氏の校注に拠った)を読みくらべ、さらにそれに『源氏物語』を重ねあわせるうち、浮かびあがって来た一人の女性の屈折した恋の形は、まことにユニークであった。ある意味で、それは『源氏物語』のどこにも顔を出していない恋で、それでいて『源氏物語』の数多い恋を根底から支えている恋、いわば醒めた恋で、私は、この醒めた恋を生身で生きた香子に深甚の興味を覚えたのである。

古典に材を採るといつもそうだが、実にさまざまの方々の研究のお世話になる。右記の方々をはじめ、杉本苑子氏『散華(さんげ)　紫式部の生涯』(中央公論社)、駒尺喜美氏『紫式部のメッセージ』(朝日新聞社)、瀬戸内寂聴氏『古典の旅・源氏物語』(講談社)、長谷美幸氏『源氏物語絵巻の世界』、中井和子氏『源氏物語――いろ・にほひ・おと』(いずれも和泉書院)などの方々のそれぞれの御研究にも負うところ大であった。またいちいちお名前を挙げないが「国文学　解釈と鑑賞　昭和五十年四月号」の「特集・紫式部」(至文堂)の諸論文にも触発された。他に小冊子ながら、福井県武生市の紫式部公園のパンフレットも参考にさせていただいた。

皆々様に、あわせて御礼申しあげます。

一九九一年八月

三枝和子

解説

大和和紀

紫式部とは一体どんな女性だったのだろう。「源氏物語」。あの絢爛たる彩に満ちた恋物語を読んだ人は誰でもがそう思う事だろう。

私自身、自作「あさきゆめみし」を描きながら何度となく……ことに物語が入り組んで再構成に苦心している時等……恨めしさ半分でそう思ったものだ。

紫式部、この生没年も本名も定かではない日本文学史上最高の女流に、三枝和子氏は又ひとつ新しい魅力的なプロフィールを付け加えてくれた。

本書の主人公香子は、恋を夢見るには少々醒めすぎの感受性鋭い少女である。父上から「男であったら」と嘆息される程の秀才ながら、美しい姉上にコンプレックスを抱き鬱屈した青春時代を過ごしている。年の離れた男との気に染まぬ結婚。住みにくい世間。言い寄る男のつまらなさ。そんな現実へのやりきれなさから、やがて彼女は物語世界へと飛翔して行く。

恋に酔うには持ち前の知性が邪魔をする、そんな自分をも客観的に見つめる自分が居る、心底恋愛体質にない香子が書いたのは目も眩むような恋物語だった。

香子が香子である以上、現実には決して彼女のものとはならない〝恋〟というもの。ある時は光源氏となり、ある時はあまたの女君の一人と化して、筆の上でありとあらゆる恋の姿を果たして行くのだ。そして女と生れた事を不幸と思わねばならない世間への怒りをも潜ませて……香子は書き続ける。

「あさきゆめみし」で源氏物語を漫画にする、という仕事をして見ると、全篇きらびやかな御殿や華やかな遊びや宴に満ちていて、美しくはあっても、現代の我々の生活とはかなり違っていて、その中で読者達との共通点を持たせる事にかなり苦心した。しかし本書に登場するシーンは中流貴族の姫としての、やや生活に密着した、そして私達にも身に覚えのありそうな台詞に親近感が湧く。

絵にするならば、寝殿に対の屋一軒といった小ぶりな屋敷、色あいも地味な袿姿、時々髪もうるさがってひとつに束ねてしまった香子が、「あーあ、現実なんてこの程度なのよね」といった顔つきで頰杖をつき筆の尻をくわえて文机に寄りかかっている。模様も飾りもない障子を隔てた隣りでは、瘦せた父上が、派手な狩衣の宣孝と酒を酌みかわしている。太った、人の好さそうな乳母が、それを好もしそうに見ている、なんて光景でもあろうか。

私はかねがね紫式部はきっと、とっつきの悪い、冷笑ぎみの才女であろうと思っていた。しかし、この物語の香子ならば案外と仲良しになれそうな気もして来る。いつも超然と構えていながらも、時々は古くさいか、高尚すぎて笑えないジョークを、それも場違いに吐いて笑わせてくれる。そんな可愛い面も見せてくれる女友達である。

中でも執筆中の香子は私にとってはことに親近感を抱かせる。ちょっと片付ければすむ部屋を散らかしっぱなしで、「書き物をするときは、うるさくまつわりつかれるのをうるさがるくせに、ご自分の都合で突然べたべた可愛がったりする、全くいいかげんな母親——」。

私事で恐縮だが、我が家にも今まだ手の離せない小さな子がいる。当然べったりと面倒をみているのでついつい仕事も遅れがちになってしまう。心優しい編集者の方は「可愛くってとても仕事に集中できないでしょう」等と言ってくださるのだが、実は私の不安は別の所にある。つまり……仕事に入ると……あちらの世界に入ってしまうと、ついつい赤ん坊の存在さえ忘れそうになる自分が怖いのだ。やっぱりこれは物を書く女共通のものかと、紫式部が一遍に身近に思えてしまった。

さて、物語は評判を呼び、終に香子は時の権力者、藤原道長に請われて宮中の人となる。物語にこそ書いても、実際には知らなかった雅やかな殿上人達との暮し。そして道長とのかりそめの一夜。香子が女房として見たものは奥床しく振舞う上流貴族達の、その裏側では権力闘争に踊る哀れな人間としての姿だった。悟りきれない人間の、女の救いを被岸に見出して、香子は、「源氏物語」は終章を迎える。

今、庭には秋の花が盛りに咲いている。中に、花は美しくも目立ちもしないが、柔かな紫の実が花と紛うばかりに美しい枝がある。秋が深まる程に、葉は黄金に色づき、実はいよいよ濃い紫になり秋の庭を飾ってくれる。

名は紫式部という。

＊本文庫は『小説紫式部――香子（かおるこ）の恋』福武文庫、一九九四年十二月刊（単行本は読売新聞社、一九九一年十月刊）より副題をとり、解説を含め底本としました。

小説　紫式部

二〇二三年　九　月一〇日　初版印刷
二〇二三年　九　月二〇日　初版発行

著　者　三枝和子
発行者　小野寺優
発行所　株式会社河出書房新社
〒一五一‐〇〇五一
東京都渋谷区千駄ヶ谷二‐三二‐二
電話〇三‐三四〇四‐八六一一（編集）
〇三‐三四〇四‐一二〇一（営業）
https://www.kawade.co.jp/

ロゴ・表紙デザイン　粟津潔
本文フォーマット　佐々木暁
本文組版　株式会社ステラ
印刷・製本　凸版印刷株式会社

Printed in Japan ISBN978-4-309-41992-3

あかねさす——新古今恋物語

加藤千恵　41249-8

恋する想いは、今も昔も変わらない——紫式部や在原業平のみやびな“恋うた”をもとに、千年の時を超えて、加藤千恵がつむぎだす、現代の二十二のせつない恋物語。書き下ろし＝編。ｍｉｗａさん推薦！

ときめき百人一首

小池昌代　41689-2

詩人である著者が百首すべてに現代詩訳を付けた、画期的な百人一首入門書。作者の想いや背景を解説で紹介しながら、心をで味わう百人一首を提案。苦手な和歌も、この本でぐっと身近になる！

平家物語　犬王の巻

古川日出男　41855-1

室町時代、京で世阿弥と人気を二分した能楽師・犬王。盲目の琵琶法師・友魚（ともな）と育まれた少年たちの友情は、新時代に最高のエンタメを作り出す！　「犬王」として湯浅政明監督により映画化。

現代語訳 義経記

高木卓〔訳〕　40727-2

源義経の生涯を描いた室町時代の軍記物語を、独文学者にして芥川賞を辞退した作家・高木卓の名訳で読む。武人の義経ではなく、落武者として平泉で落命する判官説話が軸になった特異な作品。

現代語訳 竹取物語

川端康成〔訳〕　41261-0

光る竹から生まれた美しきかぐや姫をめぐり、五人のやんごとない貴公子たちが恋の駆け引きを繰り広げる。日本最古の物語をノーベル賞作家による美しい現代語訳で。川端自身による解説も併録。

現代語訳 徒然草

吉田兼好　佐藤春夫〔訳〕　40712-8

世間や日常生活を鮮やかに、明快に解く感覚を、名訳で読む文庫。合理的・論理的でありながら皮肉やユーモアに満ちあふれていて、極めて現代的な生活感覚と美的感覚を持つ精神的な糧となる代表的な名随筆。